VIRGENES
Y MARTIRES
(cuentos)

SCALDADA Y CUERVO, S.A.
PRESENTAN A

CARMEN LUGO FILIPPI
Y
ANA LYDIA VEGA
EN

VIRGENES
Y MARTIRES

(cuentos)

TERCERA EDICION

editorial antillana

CALLE ROBLE NO. 51
RIO PIEDRAS, PUERTO RICO 00925

1988

Concepción por: Robert Villanua
                 Ana Lydia Vega
Fotografía por: Guy Paizy
Portada por: Angel Vega
Diseño gráfico por: Francisco M. Vázquez

ISBN: 84-499-4932-7
Impreso en E.U.A.

INDICE

a Robert y Pedro Juan
a Lolita y Juan Manuel
a Raimundo y to el mundo

1. Solo: Carmen Lugo Filippi (Scaldada)

1. Recetario de incautos

«Escribo: más que cantar, cuento
cosas»
Gloria Fuertes

Cuando comenzó a revolver la pila de recortes, cinco cucarachas descomunales se precipitaron despavoridas por los bordes de las tablillas polvorientas. ¡Qué asco!, habría que fumigar pronto aquel rincón de almacenaje, si no quería verse devorada por aquellos ejércitos proliferantes. De buena gana hubiera comenzado el exterminio en esos mismos instantes, pero lo apremiante de la situación la hizo reconsiderar su impulso: tenía que conseguir una receta exótica y al mismo tiempo de fácil preparación. Estaba segura de que si examinaba con calma los recortes y las revistas, encontraría lo que buscaba, sólo tenía que revestirse de paciencia y dominar su ansiedad creciente pues al fin y al cabo no se trataba esta noche de una visita tan importante como para alterarse en tal forma... ¿o sí lo era? No quería engañarse, lo sabía perfectamente bien: se proponía impresionarlos aunque fuera lo último que hiciera en su vida. No podía tolerar la idea de que la encontraran no solamente recién divorciada, gorda, algo envejecida y, para colmo de males, con tantos apuros. Era, después de todo, tan humillante tener que enfrentarse nada menos que a su hermana y a Paco en aquellas condiciones. Habría que hacer de tripas corazón y lucir feliz, reidora como antes, disimular su obesidad con una faja Playtex y corregir con Maybelline las arrugas más obvias. Seguiría el consejo de *Vanidades* para ojos y párpados caídos: sombra clara hacia arriba y hacia afuera, luego una línea firme que rodeara la cuenca del ojo con angulación ligeramente levantada, las cejas bien arqueadas y, claro está, el toque mágico de un poco de rimmel sólo en el borde

Total, a Paco también se le notarían las arrugas y la barriga —once años no pasan en balde—, y tú muy bien recuerdas que a Doris le encantaba cocinar abundantes pastas con queso parmesano (dieta perfecta, según *Cosmopolitan,* para hacer engordar hasta una cola de bacalao).

Te sonríes al imaginar a Doris cachetuda y con papada y eso te causa un gran alivio y te hace volver entusiasmada a las recetas que has coleccionado durante años, previendo ocasiones como éstas o imaginando invitados importantes a quienes fascinar con tu cocina exquisita, tu mesa impecable y tus «Mil violines de amor» punzando suavemente la penumbra de la pequeña sala-comedor iluminada por tan sólo dos candelabros. Ahí está Paco, nostálgicamente sonreído, mirándote a través de las llamitas vacilantes, frotándose con suavidad el bigote: «¡No sabía que cocinaras tan bien!, ¿por qué no me lo habías dicho?» En ese instante habría que arquear aún más las cejas, levantar la barbilla, ladearse levemente y responder algo verdaderamente ingenioso: «Fui, soy y seré un cofre de sorpresas». Pero no. Quizás conviniera sonreír enigmáticamente, soslayando la mirada de él, no es prudente ahora arrepentirse de lo que pudo haber sido y no fue, Moneró tenía gangosamente la razón, y menos cuando Doris estaría como un alacrán, presta para enterrar su ponzoña al menor movimiento en falso. No. Tenía que impresionar a Doris, demostrarle que no sólo de lasaña vive el hombre, quien durante sus años en New Jersey no había aprendido a hacer una comida de película, que los spaguettis y los canelones eran vulgares comparados con su cena de telenovela crepuscular.

¿Un cocktail de camarones para empezar? Era de fácil preparación, si seguía la receta de aquel *Buen Hogar* que ofrecía «platos fáciles para una comida buffet». Buscó afanosamente entre las revistas: las portadas desparramadas ofrecían un portento de variedad uniformada. Rostros, rostros y más rostros en primeros planos; perfectas caras ovaladas con inmensos ojos azules, verdiazules, verde intenso, amarillos o ligeramente violetas.

¿ES USTED INOLVIDABLE?

UNA FORMULA MAGICA PARA ADELGAZAR SIN DEJAR DE COMER

TRIUNFADORA SEXUALMENTE CON SU ESPOSO
EL COMEDOR PERFECTO DE LA PRINCESA LEE
RADZIWILL
ASI VIVEN LOS DUQUES DE ALBA

Escenografías de sueños comenzaron a asomarse entre las esplendorosas fotografías. Una debilidad creciente la hizo tenderse en el sofá de tonos desvaídos. Abruptamente invadió los interiores de aquella casa de maravillas y poco a poco sintió una inesperada transformación al hallar más anchos los espacios, más claras las luces, al descubrir —¡qué portento!— la mullida hondura de una butaca, la fina marquetería de un aparador, la pulcra blancura de una albenda, los cálidos matices de un afelpado... Iba de una estancia a otra escuchando arrobada los acordes de aquel regio vals que impetuosamente crecía; soñándose duquesa en aquel su nuevo bosque de tapices habitados por ninfas perseguidas por machos cabríos, caballos alados y unicornios; contemplándose en espejos de alinde que colocados frente a frente, multiplicaban hasta el cansancio los jarrones neblinosos, casi a punto de estallar con tantas azaleas, lirios, hortensias, heliotropos y rosas.

¡Ah!, cuánto hubiera querido prolongar indefinidamente su ir y venir vertiginoso entre las porcelanas de Limoges, apiladas locamente en pesados aparadores de caoba, voltear graciosamente aquel piano crepuscular que se reflejaba en melancólicas lunas biseladas, palpar los cojines de terciopelo, las cristalerías y los argenteados cubiertos, admirar los bodegones embetunados, colmados de faisanes y codornices... Sí, hubiera querido regresar al comedor, pasando primero por el vestíbulo de las pinturas, donde hermosos arlequines lucían sus ropas carnavalescas e intemporales naturalezas muertas dormían su apacible siesta. ¡Ah!, ¡quién hubiera podido llegar hasta la mesa de corte victoriano sin alterar en lo más mínimo aquel momento redondamente perfecto! Se hubiera sentado discretamente a la mesa, mostrando la condescendiente amabilidad de una modelo parisina, esa deferencia distante, plagada de una leve melancolía que se hace resaltar aún más con la ropa oscura y el peinado aparentemente descuidado. Se hubiera solazado en la contemplación de aquel derroche de candelabros y vajillas de plata; hubiera sido testigo del ceremonioso desfile de bandejas colmadas de aves espléndidamente aderezadas con salsas de acuciosa elaboración; hubiera paladeado visualmente los alfinges, las hojuelas, los rellenos trufados y ajerezados...

Pero nunca llegó hasta la mesa... La pésima ventilación la obligó a ponerse de pie: se desperezó sin ganas, recogió su paquete de revistas y recortes y se dirigió a la cocina. Una vez allí extendió sobre el mostrador de formica rosada las recetas más llamativas. Afanosamente se dio a la tarea de leer la lista de ingredientes de suculentas salsas y fue como pescar en un río revuelto millares de palabras de todas tallas y colores, exóticas especias que se deslizaban igual que anguilas entre el ir y venir de sus dedos afanosos, fragantes yerbas que le recordaban, no sabía por qué, extrañas botánicas costeras, sensuales condimentos a cuyo sólo nombre se excitaban califas y marajás soñolientos. Y ante aquel lujurioso derroche de nombres —tarragonsalsifiperfoliadazafranperejil— que apretadamente luchaban por asirse a su memoria, se sintió cohibida, con la terrible sensación de poquedad tantas veces experimentada a lo largo de sus treinta y seis años. Pero no. Tenía que vencer su tontuna timidez y atreverse a explorar aquellos aromas extranjeros, tenía que ser capaz de lograr las sutilezas del unto, las aleaciones mágicas de yerbas y especias, el feliz parto de las carnes chorreantes de néctares voluptuosos. Y ya con el firme propósito de hacer un inventario de sus provisiones, abrió las puertas de la alacena. Su mirada resbaló en infructuosa peregrinación por las latas Campbell's alineadas simétricamente, para luego deslizarse entre salsas de tomate y habichuelas cocidas en agua y sal. Dio media vuelta, recogió rápidamente las revistas y, al cerrar sus ojos unos instantes, vio a Doris, cachetuda y con papada, inspeccionando con franca alevosía la mesa recién puesta, y Paco que ahora se inclina hacia tí, frotándose con suavidad los bigotes, gesto de Arturo de Córdoba que aún te fascina, más todavía cuando te susurra: «¡Qué habichuelas salsudas tan estupendas!» Y súbitamente estallas en una jubilosa carcajada mientras lanzas sin vacilaciones, una a una, las revistas a la basura, repitiéndote el recién descubierto estribillo: «Pendeja, eres una grandísima pendeja».

2. Pilar, tus rizos

«Hoy quiero ser hombre. El más bandolero
de los siete de Ecija. El más montaraz
de aquellos que en siete caballos volaban
retándolo todo, a trabuco y puñal.»
Julia de Burgos

Quizás ya debería usar gafas. Las letras zigzagueaban durante segundos y una sensación de ebriedad ligera se disipaba sólo a fuerza de concentración en las páginas de la novela. Realmente no era necesario mucho esfuerzo para lograr la concentración disipadora. Los minúsculos caracteres ejercían tal fascinación, que, a veces, el trance hipnótico alcanzaba intensidad alarmante: la hacía perder entonces contacto con lo que no fuera una perenne sucesión de significados.

Poco le importaba el incesante chachareo en contrapunto, que se deshacía y rehacía intermitentemente, que embestía las paredes líquidas del chorro de la ducha destinada al lavado de cabellos, que competía con el zumbido monótono de los tres secadores, y que se elevaba hasta hacerse oír sobre el desgonzamiento chirreante de los autobuses lejanos.

El ruido —bien lo sabía ella— podía convertirse en un telón imaginario que, a fuerza de ser mirado, pasaba a formar parte del decorado de turno (algo así como la capa de rimmel que pesa durante el primer día, pero que luego se tolera igual que a los párpados o a las pestañas).

Lo único que la fastidiaba era tener que leer en aquella posición convencional: prefería ovillarse en una butaca o adoptar posturas supinas algo estrambóticas que le permitieran encogerse, darse, comprimirse (gusto raro que muchos le habían criticado, aunque a ella la complacía bastante). No podría, mientras estuviera bajo el secador, afilarse las uñas (últimamente, de fregona parecían), porque lo frágil de las novelas exigía el uso constante de ambas manos para aplastar con sumísimo cuidado las raquíticas páginas y poder llegar felizmente al final de cada renglón. ¿Por qué se empeñarían en seguir publicándolas en ese tamaño ridículo —unos catorce centímetros de largo por diez de ancho—, cuando numerosas lectoras pedían letras más grande y encuadernación fuerte?

Esta vez se había decidido, entre apuros y máquinas y clientes, por un título poco atractivo: *Volverás.* Recogió de la pila de lecturas esta novela por causa de la foto de la portada (¿o era grabado?), que le hizo recordar un lindo retrato de sus diecisiete años, cuando aún acomodaba a lo paje su melena corta, con cuidado de mantener tras las orejas los mechones ondulados. Quizás por eso sus amigas de entonces la llamaron (¿o la apodaron?) Suzanne Pleschette: peinado coquetísimo y hoyuelos que se marcaban cada vez que reía de veras.

Miró nuevamente la portada, a la vez que se alisaba la saya que debería hacer llegar a las rodillas cuando tuviera tiempo de descoserla, hojeó el tomo y se complació en ver muchos diálogos. Esas primeras líneas la entusiasmaron: «Al verse sola en la penumbra de la alcoba, fijó los ojos con súbita obstinación en aquel lecho revuelto... Estaba muy pálido Piss, y siempre lo fue mucho. Hebras de plata resplandecían entre sus negros cabellos...». Dramáticas líneas, ésas, además de muy íntimas. «El cúmulo de emociones profundas, indescriptibles, avasalló a Sissy Bite».

¿Usar gafas? La idea revoloteó, obstinadamente, en torno a su concentración. ¿Por qué no? Todo dependía de lo que escogiera: ¿de las gigantescas con lentes redondos y discreto tinte? Cuando Mauricio la viera, quizás no se sorprendería de los enormes cristales verdosos. Imaginó su propio rostro agazapado. Cerró los ojos para solazarse viendo a Mauricio caminar con paso un poco torpe, paso a paso, paso que le recordaba a Marlon Brando.

—Guapísima estás. Tienes un aire de intelectual mañanera. Luces estupenda con esos pantalones largos y esa zamarra encarnada.

Pero no, no. Probablemente las gafas la hicieran parecer más ¿vieja?, aunque él nada dijera. Además, ni Caterine, ni

Betz, ni Silvie, usaban gafas: todas tenían formidables ojos entornados y soñadores. ¿Ojos soñadores? Pero así decían las novelas. ¿Cómo eran los ojos soñadores? Algo húmedos, quizás, con un lindero de tristeza, tal como si contemplaran horizontes ¿brumosos?

Volvió a Sissy con el pasaje que tenía bajo la uña: «Era esbelta hasta la demasía, imponente, con cabellos cenizos y ojos violetas». Sólo que los de Elizabeth Taylor eran ¿azules? Memoria fallida, la suya. Algún ejercicio que hacer para mejorarla. ¿Azules? No, bien violetas en los párrafos de *Cosmopolitan* que describían los pendientes que Richie Burton le había regalado para combinar con «el suave terciopelo violáceo de su mirada». Ojos violetas con gafas, murmuró. Una combinación rara, pero le gustaría a Mauricio. El también prefería a las mujeres algo maduras. ¿Recuerdas, Mauricio, cuando me regañaste en aquel baile por mis celos injustificados? Me sentía tan pasada a los treinticuatro, viendo aquel desfile de chiquillas con tules y caras de virgencitas tontas. Me abrazaste y me aseguraste que no me cambiarías entonces ni nunca —¡óyelo bien: ni nunca!— por cien como aquéllas. Y me besaste, me besaste tan a fondo...

Echó la pierna izquierda sobre la derecha con cuidado de no dejar ver los muslos, al sentir una flojera creciente en las rodillas. Siempre que se adentraba en un laberinto de imágenes sensualmente gratas, ocurría lo mismo. Se dejaba ir de espejo en espejo que la engullía y la devolvía al próximo, siempre al próximo, que era idéntico al anterior y a los demás y, a la vez, único en su renovado reflejo.

Esta vez logró librarse prontamente del dulce maleficio de los espejos —a veces transcurrían horas en aquel abismarse sosegado— para volver a la lectura con el repentino inconveniente de haber perdido la secuencia. Pero en lecturas anteriores le había pasado lo mismo, ¿o no? Convendría comprar un marcador: de nácar, él, con sus P.A. de iniciales. «...Ojos violetas de impresión». Ahí estaba, sí.

«¿Cómo conoció Sissy Bite a Piss Ducon? En Cocke. Sí, en aquella pequeña ciudad de apenas cincuenta mil habitantes. Fue un día cualquiera. ¿Quién los presentó? Todo era tan vago. En aquel entonces, nadie, ni siquiera ella, hubiese adivinado el desenlace. Para Sissy fue todo tan casual y al mismo tiempo tan incitante... La subyugó... Guapo, arrogante, turbador, se adelantó Piss Ducon. ¡Ah! Fue como si flotara en un lago tranquilo y de pronto las aguas empezaran a...». Igualito que con Mauricio. Habías llegado sola a la fiesta y te disponías a ordenar un Manhattan al sirviente solícito, cuando —¡Oh, ventura!— una conocida llegó hasta ti acompañada por él y te encantó con voz melodiosa: «Pilar, deseo que conozcas a Mauricio, de quien te he hablado». Te apresuraste a extenderle tus dedos nerviosos mientras decías atropelladamente: «Pilar, para lo que se le ofrezca».

Entonces... Entonces, a la gloria... Aceptaste su invitación a bailar la próxima pieza y, con ese tono entre casual y sensualote que tan bien domina él, escuchaste: «¿Se divierte, señorita?» Lo miraste pícaramente —sorprendida de tu audacia— y a boca de jarro lo interpelaste: «¿Se divierte usted?». Ya él te conducía hacia un rincón del salón para que te contonearas con aquella suave melodía... Nunca, nunca, podrás olvidar la letra de esa canción. ¿Era bolero? No sabrías decir con precisión, ya que jamás has podido distinguir ritmos (casi todo lo pausado te parece un bolero desde entonces), y era la inmovilidad misma eso de ladearse unos centímetros sobre una baldosa de terrazo sin apenas respirar, contoneo y tonconeo, contontoneo y toncontoneo, ¡ah, qué divina sensación! Convertiste aquella canción del Hit Parade en tu propiedad y la bautizaste «Himno del encuentro», ¿recuerdas? Nunca olvidarás su letra —una de las diez más populares entonces— y has pensado siempre que su autor (¿sería la cantante?) poseía una sensibilidad parecida a la tuya. Repetías mentalmente las líneas que en seguida aprendiste de memoria, porque para canciones sí que siempre has tenido buena cabeza: «Puedo escribir los versos más tristes esta noche. Escribir por ejemplo: La noche está estrellada...».

Te desilusionaste, no lo niegues, cuando alguien te reveló el título: *Poema número veinte*. ¿Por qué nombre tan feo? ¿Nombre tan como si fuera una talla más, cuando en verdad habla la canción de cosas espirituales, sentimentales y melancólicas? Diste por sentado que los cantantes, con tal de parecer muy originales y llamar la atención del respetable público, bautizan sus composiciones con títulos tan excéntricos y llamativos como excéntrica y llamativa puede ser en la vida de cualquiera una cortina de terciopelo granate orlada con flecos dorados. Así son los artistas, así es la vida. No hay más que fijarse en esos del «Jet Set» que van a casarse. ¡Qué escándalos!, casi sin ropas, como el Mike Hagger (¿o es Jagger?) y la Blanca de Nicaragua... En *Vanidades* decían que ella se atrevió a ir a la iglesia de Saint Tropez —¡la iglesia, Señor!— con escote hasta el ombligo, y que aquello fue Troya porque se le veía hasta el alma. ¿Cómo pudo el cura permitir tal cosa? Jamás me lo he podido explicar. Aunque en la foto ella se veía tan chic, tan modelo parisina con el sombrero volandero y el cabello tan natural, tan lacio...

Nada, que mientras más natural luzca una, mejor, como la Sissy que en esta novela lleva con tanta gracia pantalones negros, «un suéter de lana del mismo color, y botines negros. Vestida así, que podría parecer masculina, resultaba, en contraste, de una femineidad extrema. Además, aquel cabello cenizo y sedoso, de mechones lacios...»

Quizás se vestiría de negro esta noche para Mauricio. Era un color tan distinguido, que a él le fascinaría verla en aquel traje...

—¿Qué tal estoy, querido? ¿Me sienta bien este modelito? Es de Petite, sí hombre, de la boutique francesa que tanto anuncian. Quizás algo vaporoso, un tris, para tu gusto. Pero te agrada, dilo. Y si no, me cambio.

Así es Mauricio. Posesivo hasta en esos detalles, exigente en sus gustos, firme en sus decisiones.

A ella le apasionaban sus ¡no! rotundos, redondos, inasibles, los cuales intentaba en vano pulir, hacerles brotar una punta pequeñita que le permitiera desgastarlos con paciencia de hormiguita humilde hasta metamorfosearlos en algo informe, tembladizo, vacilante... Pero aquellos ¡no! estaban hechos de materia incorrompible. Sin embargo, cada vez que reconstruía estos incidentes, sentía verdadero placer al escuchar una vez más su sentencia inapelable, indestructible. Creándolos y recreándolos, experimentaba de nuevo el cosquilleo en los muslos, la flojera de las rodillas y el aceleramiento de latidos.

Pensaste que Sissy Bite no era una heroína muy lista. Todavía en el Capítulo X la Sissy no comprende el complejo carácter de Piss Ducon: ¿hombre que disfraza su ternura con un aire de dureza?

—Te parezco un sádico, ¿verdad, Sissy?

—Sí —dijo ella ahogándose—, sí.

«Enloquecido, la apretó entre sus brazos y ambos rodaron sobre la alfombra en un abrazo convulso El jadeaba y oprimía con más fuerza aquel cuerpecillo indefenso...»

Tonta es, tonta la Sissy. No sabe manejar la psicología del hombre. Si Mauricio intentara violarme...

Del incómodo secador pasó al instante a una glorieta semioculta por enredaderas de jazmines y rosas. Mauricio, subyugante, la mantuvo inmóvil contra una de las columnas...

—No, Mauricio, prometiste que no lo harías hasta llevarme al altar. Quiero ofrendarte mi virginidad. ¡Querido, querido mío, a la fuerza nunca tomes a una doncella! Serénate, lindo, que has bebido demasiado Scotch. ¡Por favor, queridooooo!

Esta vez sacudió las piernas para que no se diera cuenta la mujer que, a su izquierda, esperaba bajo el secador el fin de los cuarenticinco minutos reglamentarios. Cerró tiernamente los ojos para sentir a plenitud el creciente cosquilleo que la obligaba a abrir las piernas.

Tuvo que abrir los ojos y cerrar las piernas apresuradamente, bajo los gritos de su peinadora.

—¡Pilar! ¡Oye, Pilar! ¡Salte un momento de la secadora! —obedecía sin ganas, obedecía—. Acaba de llamar Pepe. ¡Parecía rabioso! Que has tardado mucho y que dejó los nenes con la vecina porque es su viernes. A ese no lo esperes hasta tarde, si llega.

Pilar sacó del secador la cabeza y, ayudando a su peinadora a deshacer los rizos, dijo:

—Lo de siempre, Gloria. Mañana paso a peinarme, si puedo. Dame cepillo, por favor.

—No te apures, chica. Issi, isssi —susurró Gloria arrastrando sus sibilantes.

Y aquel susurro misericordioso la deprimió más que la abrupta salida de uno más de sus múltiples laberintos.

3. Milagros, calle Mercurio

«*Ha muerto la blanca Caperucita Roja*»
Evaristo Ribera Chevremont

Después de haber trabajado en salones elegantes, con estilistas de esos que concursan todos los años en Nueva York o París, el cambio de ambiente me había deprimido bastante, pero traté de ajustarme a mi nuevo medio diciéndome que esto era mucho mejor que vivir alquilada, recibiendo órdenes todo el tiempo por un sueldo y unas propinas que no compensaban el atropellado horario de los viernes sociales y los sábados tumultuosos, cuando una barahúnda de señoras y turistas invadía el cachendoso local de Isla Verde en busca de la belleza perdida. Me entretenía muchísimo con las turistas, sobre todo con las españolas. Junito me las entregaba porque diz que yo tenía clase para tratarlas. Digamos que la única con un haber de tres años universitarios y experiencia en el extranjero era esta servidora y ello me otorgaba la supremacía entre las diez ayudantes de Junito. Claro que tal deferencia había creado al principio resentimiento entre las muchachas y sólo a fuerza de sonrisas y amabilidades había logrado disiparlo. Tal vez fue la sinceridad de mis explicaciones lo que las calmó: tres años de literatura comparada no aseguraban a nadie un puesto en las esferas intelectuales, mucho menos sin haber terminado el dichoso bachillerato. En cierta medida dulcificaba sus amargas frustraciones cuando les aseguraba que muchas mujeres con un flamante diploma en letras se veían obligadas a buscar trabajo en los aeropuertos o a volar como azafatas si no querían morirse de hambre. Más se ganaba con unos cursos de estilismo que con tres años de literatura o de idiomas... Así las manipulaba y me dejaban tranquila rumiar mi propia frustración, que ya era bastante.

Sí, porque nunca me había perdonado haber abandonado tan precipitadamente la Facultad para casarme con Freddie. Debí haber conseguido el diploma, debí haber seguido escribiendo, debí, debí... Todos aseguraban que tenía mucho talento cuando gané el segundo premio en aquel concurso literario del Ateneo. Aún me pregunto qué carajo me cegó. Quizás fue el temor de quedarme solterona: las jamonas empedernidas me horrorizaban, sobre todo, cuando pensaba en mi pobre tía esclavizada cuidando a mi abuela y al tío Manuel. Lo cierto es que cuando apareció Freddie en el panorama perdí la chaveta: él me prometió villas y castillas, viviríamos cerca de la base de Torrejón en Madrid, adonde sería trasladado ese próximo año. ¡Viajes, qué chulería! De Madrid sería fácil ir hasta Francia, donde podría practicar mis dos años de franchute, y de allí no habría que dar más que un saltito a la bellísima Italia.

Esos sueños nunca se realizaron porque Freddie no podía abandonar Madrid y yo salí encinta. Cuando la nena cumplió un año ya me encontraba al borde de una neurosis. La rutina doméstica me aplastaba, necesitaba respirar otros aires y más que nada hablar con alguien que me comprendiera. Freddie se limitaba a contarme sobre sus andanzas en la base, y eso cuando le daba la real gana. Mili, la chica que me peinaba, se compadeció de mi tremenda soledad y me pidió que la ayudara a lavar cabezas por las tardes. Fue así como me inicié en las artes peinoriles: descubrí una habilidad inusitada en mis dedos y mi imaginación se colmaba inventando peinados extravagantes. Mili me aseguró que nunca se había topado con una estilista de mi calibre. Me obligó a seguir un cursillo intensivo de maquillaje y peinados. No la defraudé: fui la primera de la clase.

Aquella fue la época de mi boom. Trabajé a gusto en un salón elegantísimo de la Avenida Goya. Todas las empleadillas quedaban boquiabiertas con mi sapiencia: la políglota, me decían. No sólo las deslumbraba delante de las turistas gringas, sino también frente a las francesas. Nunca en verdad me había sentido tan importante.

Aunque mi matrimonio no andaba bien, el trabajo compensaba la aburrida convivencia con mi insulso marido, quien sólo sabía jugar a los caballos y frecuentar el Officers' Club.

Cuando vino con el cuento del traslado a Alabama, supe a ciencia cierta que me importaba un comino su carrera militar. Empaqué mis bártulos y le dije un hasta luego que luego se convirtió en adiós definitivo. Fue lo mejor para los dos.

El trabajo en el salón de Junito me distrajo. A veces me divertía con las ridiculeces de varias señoras, perfectos monigotes con ínfulas de grandes damas. Las reconocía al instante y me entregaba placenteramente a la tarea de mortificarlas. Un comentario inocentemente mordaz, una discreta crítica y finalmente ¡zas!, les cortaba los vuelos con sólo corregirles el inglés chapurreado... Tenía tal maestría para bajarles los humos que el mismo Junito se asombraba de mi «savoir faire». Cuando clamaban por un «setting fabuloso» arqueaba las cejas y, solícita, subrayaba con articulación perfecta: ¿el fijador para el cabello grasoso o para el cabello seco? Y ni se diga cuando pedían el «spray profesional». Entonces me inclinaba majestuosamente, como una modelo de Miss Clairol, señalando inocentemente «el aerosol» con proteínas acabado de recibir. El resultado no se hacía esperar: depositaban en mis bolsillos generosas propinas que ascendían al 15% y de paso me obsequiaban con una furtiva mirada de respetuosa admiración.

Hubiera seguido allí a no ser por mi madre, quien cantaleta en mano me convenció de establecer negocio propio en los bajos de su casa en Ponce. «Te irá bien, nena, ya verás», repetía constantemente. «Allí hay clientela segura, no seas boba, piensa que no tienes que pagar local».

Y así fue cómo llegué a la Mercurio, más por complacer a mamá que por gusto propio. Al cabo de dos semanas, ya estaba establecida en aquel primer piso de nuestra modesta casa. Lucía coquetón el lugar con sus paredes recién empapeladas, sus *collages* de cortes y peinados que yo misma había ideado sobre planchas de *plywood* negra y sus tres secadoras idénticas, alineadas frente a un gran espejo de marco sencillo (detestaba los pretenciosos ribetes dorados de los espejos de Woolworth's).

La clientela no se hizo esperar: en vísperas de graduaciones tuve casa llena durante tres largos días. Desfilaron, sobre todo, muchachas de noveno grado con sus respectivas mamás, unas para recorte y peinado, otras para tintes y permanentes, y un número considerable para alisados.

El ambiente era en general humildón (frecuentaban semanalmente cuatro o cinco enfermeras, dos maestras, ocho secretarias y numerosas empleadas de fábricas y tiendas por departamento). No tenía mayores quejas porque hacía mi dinerito sin matarme mucho y además estaba con mami, gran ayuda en aquellos días de soledad. Ahorraba cuanto podía para matricularme nuevamente en la Universidad, mi única ambición entonces.

Fue justamente en esa época cuando vi por vez primera a Milagros. La recuerdo tan vivamente, tal como si estuviera viendo una película española en blanco y negro, de esas bien sombrías que transcurren en un pueblecito de mala muerte, donde la esbelta protagonista de pelo larguísimo camina lentamente y de pronto la cámara se le acerca; perfecto «close-up» algo parsimonioso que resbala por la cara blanquísima y se regodea en las facciones inexpresivas, sobre todo, en la mirada lánguida y como ausente.

Pasaba puntualmente hacia las cuatro, a su regreso de la escuela superior, vestida con su uniforme crema y marrón, impasible pues no sonreía ni al rey de Roma, con la cabeza siempre erguida, los hombros en perfectísimo balance, probablemente para mantener aquella armoniosa combinación de movimientos de sus extremidades, prodigioso mecanismo de exactitud, mediante el cual hombros y piernas avanzaban acompasadamente, sin perder ni un solo instante el rítmico momentum inicial.

Contemplarla, suscitaba en mí un extraño fenómeno de correspondencias: cine, literatura, pintura, música se aunaban desordenadamente para devolverme la ecléctica imagen de una criatura extraña, misteriosa, que bajo ninguna circunstancia pertenecía a aquella calle común y bonachona. Imaginaba a la muchacha revolucionando el salón de Junito con su entrada sorpresiva, despertando miradas de envidia entre más de una señora a dieta y encendiendo la codiciosa admiración de Junito, que se aprestaría sin duda alguna a ofrecerle en bandeja de plata fama y billetes, con tal de que modelara su último peinado en el concurso de estilismo en Nueva York.

Sí, porque constituía para ti un verdadero reto el pelo de Milagros. Incluso fantaseabas con los posibles cortes, verdaderas obras maestras dignas de figurar en *Hair & Style* o en *Jours de France*. Por eso una tarde ya no aguantaste más y en son de chisme le dijiste a doña Fefa: «Bendito, qué pena, la Milagros no se cuida el pelo, se le va a dañar». Y doña Fefa, cuya sin hueso era más bien benévola, te ripostó que la culpa de esa atrocidad era la madre de la muchacha, quien le tenía prohibido que se tocara un solo pelo, tan aleluya esa vieja, tú no sabes, Marina, de lo que es capaz el fanatismo.

Entonces entendiste por qué tampoco se pintaba y por qué usaba siempre, aún en pleno verano aquellas blusas conventuales. Le diste cuerda a Doña Fefa, bautista progre, quien en un santiamén te contó vida y obra de la familia en cuestión. «Vélalas, que a eso de las siete pasan como clavo caliente pal culto».

Fuiste tú, Marina, el clavo caliente que se apostó en el balcón para observar la peregrinación crepuscular de Milagros. La madre avanzaba a trancazos, la Biblia bajo el brazo, y su apocalíptica seriedad contrastaba con el gesto cómico-grotesco de literalmente arrastrar a una niña de siete o seis años a lo sumo, muy parecida a Milagros, por lo que dedujiste que era su hermana. A un pie de distancia, Milagros las seguía sin alterar en lo más mínimo su rítmico trote. Llevaba también un libro, aunque mucho más delgado ¿de oraciones o himnos, acaso? La sobriedad de aquella figura te sumió en graves reminiscencias cinematográficas de cuando aún tenías aquellas inquietudes de intelectual de tercer año, con asistencia perfecta al cine-club universitario (Buñuel, Bardem, Pasolini y adláteres). Escena típica buñuelesca, dictaminaste ese martes, regodeándote en la sensación de superioridad que te otorgaba tu cultura cinematográfica y tus consuetudinarias discusiones con el pretencioso grupito del pasillo de Humanidades, ¡cuánto los recuerdas a todos!, acuclillados en una esquina de Pedreira, pretendiendo saberlo todo o adoptando actitudes de olímpico cinismo. Por un momento deseaste que hubieran estado allí, contemplando desde la torre las figurillas en movimiento, para luego elaborar las teorías mas abstrusas y de paso enfrascarse en animadas discusiones existencialistas. Pero sólo estabas tú.

A partir de ese martes continuaste observándolas crepuscularmente para añadir matices a tu ya formada imagen. Notaste, por ejemplo, que Milagros se retrasaba, y por ello su madre se veía obligada a aguardarla durante varios minutos en la esquina Victoria para entonces cruzar la intersección. Anotabas también los leves cambios en el atuendo de la muchacha: un discreto escote en forma de V, una falda más ceñida que de costumbre, unas sandalias baratas pero algo pizpiretas.

No pude retener por más tiempo mi creciente curiosidad y un miércoles las seguí a distancia con el secreto propósito de colarme entre los fieles para así gozar de cerca los misteriosos ritos practicados por aquellas puntuales mujeres. Mi loca imaginación las asociaba con trances histéricos, cuando el mesar de cabellos y el frenético sacudimiento de manos y brazos se sucederían histéricamente. No podía concebir a la pausada Milagros en tal estado de vulgar frenesí.

Lo que presencié esa noche me impresionó muchísimo, tanto que luego me sorprendía a cada momento rememorando las escenas: sobre todo, aquel estrepitoso ¡Manda fuego, señor, manda fuego! ahogado súbitamente por el estallido imprevisto de una pandereta cuya secuela de tintineos duraba varios segundos, a modo de fondo musical para chillones gritos esporádicos de Aleluyas y Glorias, salpicados de lastimosos ayes y suspiros entrecortados. La madre de Milagros se transformaba: aumentaba de estatura (¿irguiéndose acaso en la punta de sus zapatacones?), mientras blandía sus brazos a diestra y siniestra con tal ímpetu que temí varias veces ver a Milagros derribada sobre el banco. Pero lo que en realidad me sacó de quicio y hasta me divirtió por lo contrastante, era la estampa de la muchacha, quien, hierática, contemplaba el espectáculo, ladeando levemente su cabeza con aquel magnífico gesto de indiferencia.

Dos días más tarde, un sábado precisamente, me llevé una gran sorpresa pues allí estaban ambas, esperándome junto a la puerta del salón. La madre se adelantó y sin mayores rodeos me hizo saber que a su hija se le estaba cayendo el pelo y que necesitaba urgentemente algún tratamiento de esos que yo daba.

Examiné con experta circunspección el cuero cabelludo de la esfinge y dictaminé una soriasis aguda. El tratamiento tomaría unas tres semanas, pues la cantidad de pelo de Milagros hacía más difícil los masajes, y cada vez que tenía que aplicarle gorros calientes era una verdadera odisea acomodar aquella bonita maleza. Se me prohibió cortar uno solo de aquellos cabellos: así que la tarea resultaba bastante engorrosa, a no ser por la inesperada oportunidad de poder observar bien de cerca la expresión de la madonita. ¿Sería una retrasada mental, con aires de modelo sanjuanera?

Mientras estuvo allí con la madre, no dijo ni esta boca es mía. Permaneció sentada, mirando fijamente su imagen en el gran espejo del tocador, sin pestañear casi.

Volvió el martes para recibir el primer tratamiento. Esta vez llegó sola. Vestía el uniforme de la escuela y lucía más pálida que de costumbre. La saludé cordialmente y le pregunté ¿qué tal las clases?, a lo que ella respondió con un lacónico «bien». Hice caso omiso de su cortedad y proseguí mi monólogo advirtiéndole del peligro que corría de quedarse calva si no se daba un corte a tiempo, de la necesidad de cuidarse el pelo. «Es como una planta, chica, tienes que podarla», clisé que me pareció oportuno. Me acerqué por detrás y con gesto de peinadora profesional le recogí las mechas en suave remolino, obligándola a mirarse en el espejo, y con un casual «fíjate, qué mona te ves, tan diferente, pareces una artista de película», le coloqué uno de esos peines de moda lleno de miosotis rosados y amarillos. Se conmovió, sí, no cabía duda, porque se echó impetuosamente hacia el frente y miró con admiración el fondo del espejo, como si la imagen no le perteneciera. Luego, sonreída, me echó una ojeada, sin saber qué decir. Le busqué revistas que mostraban diversos tipos de recortes y, mientras le colocaba el gorro caliente, sugerí que escogiera el que más le gustara. «No me dejan recortar», dijo secamente. Pese a ello se sumió en la contemplación de las imágenes.

Durante el tercer tratamiento, Milagros parecía menos cohibida. Incluso me pedía revistas y hasta fotonovelas, tipo de literatura esencial en cualquier salón de belleza. Recuerdo cuando le presté aquel *Vanidades* que traía un largo artículo ilustrado sobre cómo maquillarse de acuerdo con el tipo de rostro. De cuando en vez la muchacha interrumpía la lectura para hacerme una pregunta acerca de tal o cual término. La precisión en la manera de formular las preguntas acusaba un espíritu incisivo e inteligente. Aproveché la ocasión para averiguar qué haría al terminar la escuela superior y sus comentarios fueron evasivos. Se sumió en la contemplación de las fotos y pasó largo rato sin volver a abrir la boca.

En una ocasión, no sé si fue martes o jueves, Milagros llegó a eso de las tres al salón. No tenía clientes ese día, natural flojera de mediados de mes, así que la dejé unos treinta minutos sola, mientras iba hasta el «Supply» a hacer varias compras urgentes, creo que unas cajas de placentas.

Al regresar, me extrañó mucho escuchar música, pues no había dejado el radio puesto. Entré sin hacer ruido y sorprendí a Milagros de espaldas, frente al aparato colocado en un improvisado anaquel junto a la puerta del fondo. Me sorprendió gratamente oírla repetir con tímida voz de contralto el *hit* del momento: «Tu amor es un periódico de ayer/ fue titular que alcanzó página entera». Pero quedé aún más divertida cuando, balanceándose rítmicamente, la Milagros repetía con voz de falsete una y otra vez aquel «... y para qué leer un periódico de ayer/ y para qué leer un periódico de ayer». No interrumpí su acto, al contrario la dejé inmersa en su contoneo. Pareció abochornada cuando me alcanzó a ver. Fingí no prestar atención a la escena y continué la rutinaria colocación de productos en las tablillas. Con gesto indiferente le indiqué que podía continuar escuchando la música. Fue inútil. Ni siquiera el salsudo estribillo de «La vida te da sorpresas, sorpresas te da la vida...» logró arrancarla del súbito hieratismo. Su rigidez repentina me provocó lástima.

El tratamiento llegó a su término con exitosos resultados. Se despidió un jueves agradecidísima, llevándose un paquete de revistas envueltas en papel de estraza.

Siempre que regresaba de la escuela se detenía unos minutos para saludarme. Noté, sin embargo, que durante las últimas semanas de noviembre pasaba a eso de las cinco. Pensé que se debía a un cambio de horario y no le puse más atención a ese detalle. Andaba en esos días muy atareada entre telas y costureras porque la nena iba a ser paje en la boda de mi prima.

Aquel primer lunes de diciembre, lo aproveché para recoger, por encargo de mi prima, las puchas que llevarían las damas y algunas otras chucherías que adornarían las mesas de los invitados durante la recepción. Respetaba por conveniencia el mandamiento de los zapateros y jamás abría el local ese día. Entre una y otra diligencia, llegué a casa a eso de las cinco. No bien puse los pies en la esquina, noté que algo anormal ocurría. Divisé a lo lejos cuatro o cinco vecinas reunidas frente a la casa de doña Fina. Gesticulaban ostentosamente, por lo que deduje que algo gordo se cocía en el ambiente. Fui directamente hacia ellas y he de decir que me recibieron en su sacrosanto seno con una expresión de ¿malevolencia?, ¿conspiración?, ¿complacencia?, ¿piadosa consternación? Doña Fina soltó su rollo sin que tuviera que hacerle la más mínima solicitud. «Fue a eso de las cuatro, nena, yo estaba barriendo las hojas de esas dichosas quenepas cuando vi pasar una patrulla. ¿A quién habrán asaltao?, tú sabes, Marinita, con tanto crimen, es lo único en que se piensa... El carro se paró frente a los aleluyas y vi a Rada, mi sobrino, el que es guardia, tú lo has visto. ¿Y a que no te imaginas a quién bajaron de la patrulla? ¡A la Milagros, nena, a la Milagros! Creí que le había pasao algún accidente y corrí a ver, pa ayudal. Pero nena, lo que vi aún no lo creo, ¡pol poco me caigo de culetazo! La Milagros no se parecía, era otra, to pintarreá, con un emplaste...! La metieron pa dentro y yo la seguí, porque doña Luisa se había quedao pasmá en la puerta. Rada me hizo señas que me saliera. ¡La que se folmó, Marinita, la de San Quintín, fíjate que los gritos se oían hasta en la Calle Reina, yo no me imaginaba cuánta mala palabra sabía doña Luisa, polque de puta pa bajo le espetó una salta de palabras sucias... Me da vergüenza, nena, repetirlas. ¡Hasta hija de Satanás la llamó!

«Yo me vine pa ca a esperar a Rada, tú sabes que él siempre viene a tomal café, así que me senté en el balcón y al ratito llegó él, colorao y nervioso. ¡Lo que me contó, Marinita, por eso digo que del agua mansa me libre Dios! No se puede creer en nadie, nena, la Milagros tan seriecita, tan mosquita muerta y mira lo que hacía cuando salía de la escuela, na menos que esnuándose en un club de la carretera pa Guayanilla, esnuándose, oye eso, y que esnuándose!»

Respiró hondo y nos contempló a todas, gozándose en nuestro claro estupor, en nuestras miradas incrédulas y a la vez suplicantes. Con suma complacencia estiraba la oración de transición, aquella que nos introduciría en el antro pecaminoso, mágica frase de pase, santo y seña que abriría el misterioso recinto para permitirnos contemplar el secreto ritual de la sacerdotisa...

«Rada fue en la patrulla a ese club de Guayanilla porque alguien había choteao y que allí un chorro de viejos ricos de Ponce se juntaban a ver nenas esnuándose, eso que llaman estritís... El y dos guardias más los cogieron a tos por sorpresa, con las manos en la masa, porque entraron callaítos y dice Rada que to estaba como boca de lobo, lo único que se veía y que era una mesa grande con luces de esas que dan vueltas, claro, si allí era que se hacían las pocavelgüenzas, cómo no iban a habel luces, y de las grandes... Toítos los viejos veldes y que arremolinaos, cayéndoseles las babas, eso sí con musiquita y tragos, chorro de degeneraos, hasta médicos y abogaos había en la pandolga...»

Y mientras doña Fina, ya incontenible, recuenta la escena, vas recreando, Marina, cada detalle, fascinada ante el abismal mundo que en ese instante cobra forma, dejándote arrastrar por la facilidad con que se dibujan y desdibujan las imágenes sugeridas, vértigo visual que te obliga a reclinarte sobre el quenepo para así poder mantener la secuencia del tropel de escenas y cortes que transcurren ininterrumpidamente.

Ahí está Rada colándose por la discreta puerta que un falso cortinaje de cuentas azuladas se empeña en disimular. Se adentra sin mayores dificultades, pero la repentina oscuridad lo obliga a tantear las paredes, hasta que de pronto divisa más adelante otro nutrido cortinaje similar al primero: separa con suavidad las cuentas para no delatar su presencia y escurre su cachetuda cara en el improvisado hueco... Ni una sola voz. Sólo jadeantes respiraciones rezongan sobre la sinuosa melodía que en cámara lenta se desgrana. Renovadas capas de humo se acumulan alrededor de un punto impreciso que misteriosamente aparece y desaparece cuando la luz caprichosa del girante reflector se detiene unos segundos. El Rada avanza hacia el grupo y aupándose capta el momento efímero cuando la azulada luz descubre una blanquísima masa vibrante que se enrosca al compás de las quejosas notas de un saxofón. Ya no puede apartar sus ojos del improvisado altar e hipnotizado como todos aquellos acólitos sexagenarios, sólo aguarda el gran retorno de la luz. Sí, porque ahora, bien despacito, el reflector se complace en recorrer pícaramente el gracioso pie que se levanta a la vez que los platillos estallan jubilosos una y otra vez. La masa lechosa inicia su sensual contoneo, mientras el estribillo pegajoso de la melodía se impone. Esta vez la luz indiscreta persigue los convulsivos movimientos y el Rada entonces se excita viendo cómo la serpentosa figura se yergue de espaldas y muestra con estudiada morosidad dos perfectas redondeces que contrastan con la llana geografía del suave torso. Y así, de espaldas, la gata sigilosa levanta los brazos a la altura de la nuca en espera del platillazo decisivo, aquél que le indicará cuándo ha de arrancar la hebilla que retiene su pelo, movimiento imprescindible que precede a la frontal y apoteósica voltereta final, reveladora de las más íntimas desnudeces. Los jadeos parecen haber cesado bajo el influjo de ese momento perfecto: conspiración simultánea de flechadas miradas hambrientas que hieren al unísono la imagen indefensa de la diosa-ninfa. Y ahí está Milagros, ante los asombrados ojos del Rada, quien parpadea incrédulo, quien se frota los ojos para despertar y ver siempre aquellos muslos lechosos, adornados por un montoncito de pelo lleno de pizpiretos miosotis. Ajeno ahora a las roncas risitas, a los libidinosos conjuros de los sexagenarios sacerdotes, a los obstinados trompetazos que van sosteniendo la puesta en pie de la Milagros, el Rada no despega sus ojos de los menudos senos que comienzan a flotar y sólo el estruendoso platillazo final lo devuelve a la realidad.

Así debió ser, Marina. El rito se cumplió y la Milagros fue ovacionada pese a los gritos del recién indignado Rada, quien de vuelta al deber, ordenaba, revólver en mano, encender todas las luces. «Y se almó la de San Quintín, Marinita, un corre-corre tremendo, pero como casi tos eran unos viejos churrientos se amansaron rápido, los que eran abogaos trataron de meterle miedo a Rada con jueces amigos y qué se yo. Total, que a ellos no les hubiera pasao na, aquí esas cosas se tapan con la política y el dinero... y como Rada no quería perjudical a la Milagros los dejó ilse sin denunciarlos pa así poder trael la aleluya a la mai. Ese sí que es un muchacho noble...»

Contemplas, Marina, la casita silenciosa al final de la calle y te preguntas en cuál rincón estará Milagros doliéndose de los golpes y en espera de los implacables moretones que irán floreciendo a medida que caiga la noche.

De pesadilla en pesadilla vadeas los intermitentes desvelos y el amanecer te sorprende con la imagen obsesiva del Rada en trance ante el altar pecaminoso. Y durante este martes sombrío, en tu ir y venir por el salón, la escena te persigue y por más que quieres abreviarla, no puedes, porque se adhiere con obstinación a tu pantalla.

Por eso no te has dado cuenta de que son casi ya las once y aún no has puesto en orden los rolos y las hebillas. ¡Qué impresionable eres, Marina, esa mocosa ha alterado el orden de tu sacrosanta rutina! Pules cuidadosamente la formica de las improvisadas coquetas y con una hoja húmeda de periódico frotas los espejos que te entregan de pronto la imagen de la Milagros, sí, de ella misma, ¿estarás soñando? Pero no, allí está junto a la puerta, mirándote parsimoniosamente, sin pestañear, un poco ladeada a causa de la maleta que lleva en la mano izquierda... Sin volverte la examinas en el espejo... Sí, es ella, no cabe duda; un tanto diferente por la indumentaria que consiste en unos ceñidos mahones color vino. ¿Qué deseas, Milagros?, casi susurras, incapaz de mirarla de frente, aunque siempre observando el espejo. Ella entonces da un paso decidido y saca del bolsillo derecho de su pantalón un flamante billete de veinte, billete que blande, airosa, y con tono suave, pero firme, hace su reclamo: «Maquíllame en shocking red, Marina, y córtame como te dé la gana». Un temblequeo, apenas perceptible, comienza a apoderarse de tus rodillas, pero aun así no logras apartar los ojos del espejo donde la Milagros se agranda, asume dimensiones colosales, viene hacia ti, sí, viene hacia ti en busca de una respuesta, de esa respuesta que ella urge y que tendrás que dar, no puedes aplazarla, Marina, mírate y mírala, Marina, ¿qué responderás?

4. Notas para un obituario

> *«Pobremente cargada con herencia de normas*
> *se tuerce en el abismo donde la luz no llega.*
> *¡Piedad para su alma, que no siempre se encuentra*
> *una voz comprensiva en labios de mujer!»*
> **Julia de Burgos**

Sea precisa, no divague, responda sí o no

Responder sí o no, responder sí o no, ¿cree usted que es tan fácil?, y luego ¿cómo pretende que sea precisa con todo lo que me ha pasado?, ya he dicho cuanto sabía, con pelos y señales, no sé si se me ha quedado algo en el tintero pero he tratado de recordarlo todo, desde que puse los pies en esta isla, ¡por qué no nos quedaríamos en París!, ya se lo he dicho una y mil veces, soy la más interesada en que se aclare este asunto vergonzoso, porque desde que deshonraron a Nounouche y se atrevieron a escribirme todas estas porquerías paso las noches preocupadísima, ¡un verdadero horror!, no puedo dormir, pobre Nounouche, tan linda, tan inteligente y cariñosa, ¡tanto que me esmeré en su educación!, fíjese nomás que hasta la matriculé en el Institut de la Rue du Dour, un año, oiga usted, un año pagando una matrícula carísima porque es un sitio muy especializado y ya sabe usted que en esos lugares los *droits d'inscription* suben muchísimo, así sólo se matriculan los de cierta clase, claro que a ella se le notaba en seguida que era lo que era, aquí sin embargo no conseguí ni una sola institución de la calidad del Institut, ¡señor, qué ambiente estupendo, qué instructores gentiles, *quelle finesse!*, dígame si no es cierto, usted que conoce París se habrá dado cuenta de la diferencia, nada más ver

Seamos breves, ¿en qué año llegó usted a la isla y por qué?

No sé qué relación tiene esa pregunta con el caso de Nounouche, ¡qué horror!, pues ya le expliqué que

Responda

Bueno, no llegué sola, sino con mi marido y mis dos hijos, entonces ellos

¿En qué año y por qué?

No se impaciente, señor, comprenda mi estado de nervios, no puedo hilar bien las ideas, a veces me es difícil recordar, creo que fue en el sesenta, cuando Ginette tenía unos siete años y Paul cinco y a mi marido le habían ofrecido un puesto en la Facultad de Humanidades, así que decidimos no regresar a Montevideo y probar fortuna en el trópico, siempre nos había atraído el clima, si llego a saber que era tan caluroso, pero ya podrá imaginarse las ideas que una se hace de las Antillas —Martinique, Guadeloupe, Haití—, creí que sería fácil encontrar mucamas, sirvientas ¿sabe?, porque fíjese que en Montevideo yo tenía servicio, aunque no lo crea, se conseguía barato en la década del cincuenta, ahora no sé cómo estarán las cosas pues no hemos vuelto por allá en diez años, con la inseguridad que hay, y luego tantos golpes de estado y asesinatos, nomás ver lo que pasa en la Argentina, un verdadero horror, por eso nos gusta aquí, se está seguro, ustedes deben dar gracias a Dios que pueden ir a Estados Unidos cuando les viene en gana y además no hay que darle vueltas que el dólar es una moneda estable y no como el peso que parece una veleta, es decir que

No entiendo nada, ¿venía usted de París o de Montevideo?

No sé por qué no entiende, si está clarísimo, nos marchamos de Montevideo a París en el cincuenta y siete porque mi marido iba a hacer su doctorado de troisième cycle y yo iba a cursar unos seminarios en la Sorbonne sin matricularme, como se dice allá *en qualité d'auditeur libre*, ¿entiende?, ¡nunca olvidaré aquellas seis soberbias conferencias sobre el romanticismo!, ¡qué estilo el de aquel profesor!, una dicción lo que se dice perfecta, no hay nada como el acento parisino en boca de un catedrático de la Sorbonne, yo estudié en un colegio francés en Montevideo y siempre la Madre Angelique nos decía «Ce qui n'est pas clair n'est pas français et celui qui ne prononce pas bien n'est pas Parisien», graciosísima la madre con su rima nasalizada, pero volviendo a lo que decía, después que mi marido terminó el grado le ofrecieron una cátedra en Río Piedras, el mismísimo decano lo contrató, porque ha de saber usted que Jacques es un occidentalista reconocido, conoce al dedillo la literatura greco-romana y tal parece que aquí necesitaban especialistas como él, por eso aceptamos muy entusiasmados, yo conseguí un trabajo por las mañanas en el consulado francés, ya ve usted que domino la lengua a perfección, y también me dediqué a dar clases en un colegio católico, así que todo marchaba bien, pues nos mudamos a un departamento fabuloso, muy bien situado, con vista al mar, en un vecindario estupendo, lo cierto es que todos estábamos felices, Ginette sobre todo, que iba al College ¿sabe?, y en seguida se hizo de un lindo grupo de amiguitas, de manera que

¿Cuándo comenzó Nounouche a vivir con ustedes?

¡Pobre Nounouche, qué porquería le han hecho!, un verdadero horror, esas taradas merecen la guillotina o algo peor, se lo advierto señor, ¡qué espanto!, ustedes tienen que estar alertas con tipas como esas, son una verdadera chusma aunque vistan de poliéster y vayan a la universidad, con esas caritas de inocencia engañan a cualquiera, pero sepa usted que son comunistas, unas izquierdistas peligrosas, yo las conozco bien pues he tenido ya experiencia con esa gente, siempre me acordaré de mayo del sesenta y ocho en el Quartier Latin, usaban la misma táctica, y no me equivoco ni me engañan aunque se disfracen de intelectuales y diz que de defensoras de los obreros. A otro perro con ese hueso, ¡pitucas de porra!, perdone señor mi exaltación, pero

Brevedad, señora, brevedad, ¿cuándo llegó Nounouche a la isla?

Fue después del sesenta y ocho, fíjese, habíamos vuelto a París porque mi marido disfrutaba por fin de un destaque y como nos encanta tanto Europa decidimos alquilar un lindo departamento en París, carísimo por cierto, pero qué íbamos a hacer, hay que pagar por los buenos gustos, ¿no cree?, fue entonces cuando Ginette se encariñó con Nounouche y como era tan regia y tenía tanta clase decidimos enviarla al Institut de la Rue du Four, y no nos arrepentimos porque recibió una educación realmente estupenda, le enseñaron millones de cosas y cuando la trajimos acá todos los amigos se fascinaron con ella, les encantaba sobre todo su nombre, Ginette y yo le hablábamos siempre en francés para que no se le olvidara, si le decía «Viens t'asseoir, ma chérie», ella enseguida obedecía, a veces le recitaba poemas de Verlaine y me miraba pensativa y estoy segura de que me entendía, vaya que sí, nomás ver cuando la llamaba diciéndole: «Mignonne, allons nous promener», entonces se presentaba al instante, aunque lo mejor era cuando sintonizaba Radio París, había que ver cómo bailaba cada vez que oía música de acordeón, creo que se acordaba de nuestros paseos por el Pont des Arts, nos deteníamos en la Rive Gauche a escuchar la música que venía de los barquitos, sabe usted de los péniches, oh là là!, ¡qué tiempos aquellos!, pero ahora qué nos queda?, casi nada porque al único lugar que puedo sacarla es al parquecito del condominio, si la viera pasearse tan regia, tan feliz, aunque de ahí mismo vienen todas nuestras desgracias, se lo aseguro, porque a ese mismo parquecito iban estas tipas de vez en cuando, yo las observaba, fumaban y discutían casi siempre de política, por eso no permitía que Ginette bajara a mezclarse con esa gente, una nunca sabe quién es quién, entiéndame que no es según se ha dicho por ahí, yo nunca he prohibido a mis hijos mezclarse con puertorriqueños, eso es falso, me calumnian esas comunistas, lo puede comprobar usted, Ginette tiene varias amiguitas puertorriqueñas en el College, chicas encantadoras de muy buena familia, lo que sucede es que esas tres taradas son envidiosas y calumniadoras, me quieren enemistar con los condómines y hacerles creer que soy racista, no sé de dónde sacan esa mentira, pero fui bien tonta al conversarles en el parquecito, nunca debí rebajarme, aunque quién puede adivinar en esos casos, y todo fue porque escuché a dos de ellas recitar poemas en francés, se las tiraban de muy avispadas las muy cretinas, lo cierto era que tenían un acento del Midi espantoso, un verdadero horror, aunque hablaban con fluidez, por eso les pregunté dónde habían estudiado y me dijeron que habían pasado una temporada en Pau, imagínese ese horrible acento de los Pirineos, también comentaron que tenían unos amigos haitianos con quienes practicaban a menudo y entonces les aconsejé que viajaran a París a mejorar esa dicción y les hablé del peligro del créole, aunque creo que ellas parecían no entender porque me miraban y se sonreían, la verdad es que las chicas me parecieron bastante particulares aunque debo

44

hacer constar que nunca fueron descorteses, sólo que me
hacían muchas preguntas y al principio no me di cuenta de
adónde querían llevarme, por eso les contestaba sinceramen-
te pero después me dio la impresión de que trataban de
ridiculizarme porque se cruzaban miradas y me largaban
unas risitas sospechosas, así que corté enseguida y llamé a
Nounouche, le juro que ahí mismo tuve una corazonada, eso
lo heredé de mi padre, que en paz descanse, a menudo tengo
presentimientos, no sé si me entiende, lo cierto es que puedo
calar hondo sin explicarme cómo, por eso cuando las vi de
nuevo ni siquiera las saludé, estaba segura que eran ellas, las
muy bagres con caras de malandra y ropas de pituca, perdó-
neme, sólo de recordarlas allí sentadas con los dos haitianos,
qué asco, se me revuelve la bilis, a esos dos los conocía ya
porque me los habían presentado en una *dégustation* en
l'Alliance, quizás por eso se atrevieron a saludarme y sentarse
frente a mí para decir sólo pavadas, mientras que las muy
cretinas largaban sus risitas, claro está, Nounouche la pobre
ni se enteraba, estaba tan atenta, imagínese que esos bestias
le hablaban francés y le hacían carantoñas, pero había algo
en el tono que me fastidiaba, una especie de sorna, no sé
bien, creo que era aquella manera vulgar de decirle a mi
Nounouche «Mais non, ma bêtasse, mais non, voyons, elle est
fâchée, la petite française?», y eso me sacaba de quicio

Al grano, ¿qué pasó?

Ya usted lo sabe, no precisa que se lo repita, Nounouche
desapareció un día no se sabe cómo, aunque estoy segura
que entraron al departamento por el balcón y me la secues-
traron, es la única explicación, pero si sólo se hubieran
contentado con eso, pobrecita, ¡cómo la dejaron esos tarados
al cabo de dos meses!, un verdadero horror, le repito que no
tengo la menor duda de que esta violación es por causas
políticas porque todos ellos andan en el comunismo y

¿Cuándo y cómo encontró a Nounouche?

Por favor, ya describí la escena y me es muy doloroso
recordarlo porque allí también estaban las notas amenazan-
tes en un lenguaje obsceno y vulgar, un verdadero asco señor,
esa noche llegamos del cine a eso de las once, aún ignoramos
cómo entraron, es un verdadero misterio porque esta vez la
puerta del balcón estaba cerrada, pero allí estaba Nounouche

en mi cuarto con el otro, ¡qué horror, una verdadera mugre, se lo juro!, y al verlos di un grito, mi marido y Ginette acudieron enseguida, me muero de vergüenza, no quiero acordarme, Nounouche estaba echada en la alfombra, pobrecita, ya le pesaba demasiado el vientre, el perro sarnoso tenía pintado en el lomo no sé qué imbecilidad, algo así como sato o satus portoricensis, y Nounouche llevaba un cartelito

¿Qué decia ese cartelito?, recuerde bien

Una cochinada, una vulgaridad, le he dicho que son chusma, chusma, me niego a repetir esa porquería, además estaba en francés y

Repítalo

Comprendo que su deber es saberlo todo, pero me da bochorno repetirlo, más aun cuando usted sabe francés y podría pensar que

Repítalo

Ya que insiste, conste que sólo lo hago por colaborar, ¡qué bochorno!, cada palabra se me grabó, fue tanta la impresión cuando leí aquel asco de «M'man, pardonne-moi mas j'ai baisé avec un Portoricain».

No entiendo su vergüenza, ¿acaso «baiser» no significa besar?

Bien se ve que usted es una persona culta y que conoce el buen francés, no esa basura pueblerina, pero ese verbo lo usa el vulgo ¿entiende? para el acto de la copulación, ¡ah, pero eso no es lo peor!, creo que no le he dicho de lo que escribieron en la pared de la habitación con mi propio creyón, una espantosa amenaza que no me deja dormir, y esto sí que lo debe saber para que mande arrestar a esas rameras y a sus cómplices porque le aseguro que la honra de mi Ginette corre peligro y a usted y a los suyos los hago responsables de lo que pueda pasarle a mi

Repita exactamente la amenaza

Otra cochinada, bien se ve que conocen el argot del bajo mundo, eso deben habérselo enseñado los dos negros de Haití, no tengo la menor duda, tome nota, si quiere le deletreo porque usted me ha dicho que escribe francés bien, así que

No, dígamelo en español.

Yo no traduzco esas porquerías, además todo eso se oye

46

horrible en castellano, hágalo usted si quiere, cómo voy yo a traducir Ma choune, arrête tes conneries ou ta môme sera la prochaine

Dígame entonces si eso se traduciría: Chocha mía, deja tus pendejadas o tu nena será la próxima, ¿cierto o falso?

¡Concha, concha!, pero calle, qué vergüenza, un verdadero espanto, hasta en puertorriqueño suena horrible, siempre tan sucio todo aquí, siempre todo tan desecrable que una quisiera volar y nunca más ver esta isla que se alimenta de mugre y vulgaridades, aun cuando se querría estar bien y no dejarse fastidiar de nadie, porque nosotros nunca hemos querido sino la paz y la concordia y el bienestar general de los humanos, ya ve usted que mi marido y yo nos hemos sacrificado por más de diez años y aquí nadie nos agradece lo que hemos hecho por la educación, por la familia, por la ley y el orden, por

Sea precisa, no divague, responda sí o no

Responder sí o no, responder sí o no, ¿cree usted que es tan fácil?

5. Adiestrados ya los pies en la carrera

> *«La novela popular refleja fielmente*
> *las grandes corrientes del*
> *pensamiento burgués...*
> *es el verdadero opio del pueblo.»*
> **Maurice Dubourg**

El hombrecito se veía mortificado: eso de parir un libreto todos los días no era nada fácil, claro que no, costaba, además de algún sudor, tres cajetillas de Winston-tastes-good y bastantes malos ratos. El causante de todo ese desastre era el nuevo estilacho de producir las telenovelas. ¡Qué maldición!, ¿a quién se le ocurriría cambiar la rutina? Merecía palos en vez de «Codazos». Cinco o seis años atrás (¡oye, mi hermano, qué tiempos aquellos!), se entregaba el libreto de pe a pa, sin tantos embelecos, y santiamén. Vamos, que era lo más lógico, tú podías modificarlo ligeramente si era necesario... pero al menos tenías todo un señor argumento, no como ahora, con esa nueva modita de escribir la novela sobre la marcha.

Aburrido, el hombrecito miró lánguidamente la hoja en blanco que esperaba dócil su garrapateo frenético. Sí, era verdaderamente un atropello que él, un libretista de categoría (¡qué roña, viejo!) se viera obligado a tejer y destejer días tras días la complicada tramoya de la novelita de turno. «El *rating*, Leñero, *el rating*, aténgase a los números, todo depende del bendito *rating* y por eso hay que escribir sobre la marcha, si no, se nos van los anuncios y nos barre el otro canal.» Finuda la observación. El santo *rating* presidía las filmaciones en *videotape* (sin contar con el apuntador viracuellos electrónico) y todo dependía de su beatífica intervención ante las sagradas huestes matronales. ¡Qué se iba a hacer! Había que pagar la hipoteca del *penthouse*, la casita en la playa y otros antojitos. Total, no le iba tan mal desde que se exilió: a novelaza tras novelaza había hecho su capitalazo. Unos cuantos meses atrás lo habían hecho venir desde Miami, nada menos que desde Miami, para que escribiera unos setenta y cinco libreticos. No podía quejarse, le pagaban requetebién y de paso justificaba su presencia con una benemérita acción. Los pobrecitos actores del patio morían de hambre, la culpa provenía de las latas lacrimosas que empacaban en México, Venezuela y lugares aledaños. Menos mal que ahora la programación variaba: filantrópica decisión esa de tirar nuevamente maíz a los pollos del patio y él (¿sonrisa Colgate o Crest?) era en parte responsable de tan caritativo proyecto. ¡Pobrecitos! Se rascó la calva sin gran entusiasmo, mientras fraguaba beatíficamente su receta consuetudinaria. Suspenso, se dijo, suspenso por un tubo y siete llaves y además, enredos a granel. Poco le importaban las críticas alevosas. Al contrario, ¡publicidad, publicidad! era la palabra del día. A las revisticas de la decadente farándula les convenía algunos titulares escandalosos. Y después de todo, ¿por qué tanta hipocresía?, si hasta los mismos hombres se pegaban como lapas al televisor. En una ocasión se había muerto de risa cuando oyó el cuento de que muchos, con la digna excusa de «analizar el fenómeno» se dejaban hipnotizar por la caja idiota. ¿Fiebre de sociólogos frustrados? Así es la vida, concluyó sentencioso.

Los billes y el *rating* eran lo importante, el resto ¡pamplinas! Y además, óyeme tú chiquitico, se veía a todo el mundo feliz y contento, guisando de nuevo, como decían por acá. Bastante hambre habían pasado las vedeticas, los actorcitos y demás confráteres. Los compadecía, sí. Sobre todo, a los que mostraban algún talento. Nada más ver el caso que tenía entre manos. El galán de marras había gozado de popularidad años ha, pero la traicionera farándula lo arrinconó, a saber por qué: ¿política? ¿drogas? ¿líos con mujeres? En fin que el boricua le parecía bastante bueno, un poco agresivo, cierto, bastante narcisista, cierto, pero con mucho carisma. Fotografiaba divino. Y colorín colorado, como el tipo le caía bien, lo recomendó para el papel del rico Alfredo, galán-canalla número uno. El actor aceptó sin remilgos porque había que guisar a como diera lugar. Esa actitud le gustó mucho al hombrecito, sí señor, no era como esos mequetrefes que se creían verdaderos mierda en palito y aceptaban solamente papeles que no «dañen mi imagen». El Alfredo había hecho su debut hacía dos semanas: «reptil que se arrastraba», «volcán de pasiones encendidas», «sensualidad carnal que quema»... Decididamente, se dijo, el canallesco personaje merecía un buen seguimiento.

Volvió a rascarse la calva brillosa, esta vez con impaciencia. Miró el reloj y comprobó que el dichoso diagramador de la novela estaba retrasado. Otro inconveniente del estilacho actual: el bendito diagramador, el geniecillo que ideaba las líneas generales, generalísimas, de la trama. Sugería algunas sabihondas directrices para la receta y entonces el escribano tenía que mezclar sabiamente los ingredientes. Se rió con sorna al recordar la receta que se había impuesto al comenzar su carrera literaria. Era infalible:

Mezcle una infidelidad con un aborto,
Añada un crimen,
Agite bien.
Adobe con unos granitos de brujería,
un puñado de celos,
una poca de envidia.
Vierta la mezcla en un molde rosado.
Adórnelo con un villano (a),
un corazón negro (siempre negro) y
un niño tierno.
Riéguele tres violinadas
y una docena de lagrimones.
Hornee a fuego lento.

A las 10:00 a.m. Martínez Rolón, el diagramador, apareció como unas pascuas. Hasta silbaba. Buen augurio, pensó el hombrecito. En otras ocasiones estaba de madre... No había quien le bebiera el caldo, como decían por acá. Pero hoy se anunciaba él dicharachero: —Oye, Leñero, ¿viste anoche el final de *Mi inolvidable Susana*? El hombrecito fingió una mirada indignada, ¡qué se creía él!, qué caballo, acaso estaba allí rascándose los... Bastantes líos tenía ya con esta novela, para irse a mirar las zanganadas de otro canal.

Martínez Rolón le perdonó el exabrupto y continuó entusiasmado su historia: —Un desastre, chico, un verdadero desastre. Hasta Maritzita, mi nena, se reía. ¡Qué matarile! Imagínate que a la Susana, esa jíbara de acá, la secuestran unos orientales de no sé cuál país, ¡qué nombres enredaos!, chico, eran como de Arabia o de la India, qué sé yo! Eso sí, chinos no eran. ¡Hasta la amarraron a un palo, una loquera, chico, y que para prenderle fuego. Eso no tiene nombre, ¿verdad? El libretista del otro canal tiene que estar tostao. Suerte que tú sabes bien lo que le gusta a la gente y no harás esos disparates.

El hombrecito se rascó por tercera vez la calva, al mismo tiempo que carraspeaba agradecido: —Ni hablar, viejo, llevo muchas millas en este hipódromo y más sabe el diablo por viejo que por diablo, sin contar que la experiencia es la madre de la ciencia... —Rió sin ganas—. Vamos a entrarle al capítulo de hoy, ¿qué hay de nuevo?

El diagramador sacó varios legajos que dispuso sobre el pulcro escritorio. No había por qué apurarse, el *rating* subía como la espuma junto con los anuncios. El *survey* era infalible: a esa hora ni una bomba hacía despegar a los adictos de la caja idiota. ¡Cuidado, sin embargo, porque había un escollito en ese paradisíaco cuadro!: el Alfredo, chico, el Alfredo. No se sabía qué pasaba, pero el bendito Alfredo no pegaba... ¡Fíjate, fíjate en el bajón! —dijo el diagramador—. Su dedo acusador mostraba la gráfica infausta—. A la gente no le gusta porque no convence... parece que todo lo dice tan casual, tú sabes, sin énfasis...

El hombrecito anotó cuidadosamente el dato. ¡Maldita sea!, susurró. Esas condenadas matronas con sus gustos chillones le dañaban el valseo. ¡Qué se iba a hacer!, suspiró conforme mientras se acariciaba la plácida cumbre de su barriguita abollada.

Martínez Rolón parecía algo preocupado... Y ahora ¿qué vas a hacer con el Alfredo? ¿Con el Alfredo? Sí, era un problemita inesperado. Quizás se traería al pelirrojo de Miami o al pelinegro de México, porque esos sí gustaban siempre. Hasta *Fan Club* tenían. Sin embargo, había que idear la forma de meterlos en el libreto, aunque claro, eso era lo de menos. Ya se vería. En cuanto al Alfredo, bueno, el tal Alfredo... Volvió a rascarse la calva suavemente, entornó los ojos, carraspeó con lentitud para darle tiempo a su maquinita programadora. ¡Claro, claro, a ése podían matarlo! Una muertecita no venía mal, aunque... tal vez el actor protestara con razón... Quizás... Dio un brinco jubiloso en pleno orgasmo y soltó a boca de jarro su último engendro esperpéntico: ¡Resuelto, resuelto todo! Lo hacemos chofer, sí, un golpe de la fortuna, la ruina tal vez, los malos negocios, sí, sí, algo por el estilo...

Rumió satisfecho ante la indigerible receta y engolando la voz ingolable sentenció convencido: —Macho, una bajadita más o menos, ni se nota. Total, siempre va a estar guisando y al fin y al cabo eso es lo que importa...

6. Entre condicionales e indicativos

Podrías pasar la noche mirándote en ese espejo de lunas
biseladas, contemplando sin inmutarte esa piel estrujada
cuya flaccidez no puede disimularse ni siquiera con cuatro
capas de cremas emolientes, cuya amarilleante tonalidad,
apenas camuflada por unos cuantos polvos, se impone con
obstinada pujanza, creando alrededor de tu rostro esa ictérica aureola tan detestada y combatida durante años de inútil
lucha. Podrías, sí, permanecer inmóvil, buscando en el fondo
de ese españolísimo espejo de hotel de cuatro estrellas no
sabes cuántas imágenes fugitivas puestas de patitas en la calle
por tu limpísima conciencia de señora virtuosa, siempre
obediente a los mandatos del grave confesor inflexible y justiciero. Lástima que el cansancio acumulado durante este día
de excursión desenfrenada (a los cuarenta y ocho años de
edad, tanta turística visita es lastimoso ejercicio), no te
permita seguir ahí de pie, mirándote alelada con esa extraña
expresión de idiota sorpresa y te obligue a sentarte en el borde
de una butaca, hipnotizada aún por la imagen que te
devuelve el fiel espejo, tan inflexible como el cura, tan grave y
justiciero como su voz de trueno los domingos en el púlpito.
   Al sentarte recoges distraídamente algunas de las revistas
esparcidas sobre la alfombra (gesto de autómata doméstico
de años y años), esas malditas revistillas madrileñas, culpa-
bles de tu colosal asombro, de esa ira pequeñita que te va
naciendo y que comienza a crecer segundo a segundo,
aupándose persistentemente, culebreando por todas tus vísce-

ras hasta hacerlas retorcer. No tienes fuerzas para estrujarlas, para hacerlas tirillas y arrojarlas sin contemplaciones a esa madrileña Avenida José Antonio Primo de Rivera, la Gran Vía, además para qué, ese gesto teatral nada cambiaría tu enconada congoja, tu inútil descubrimiento a los cuarenta y ocho, tu creciente sensación de que ellos han estado tomándote el pelo toda la vida, de que han estado jugando al gato y al ratón contigo, y tú, claro, has sido la pobre rata boba, bobísima, siempre en la trampa de las verdades altisonantes y de los principios sempiternos.

Debiste haberte quedado en Yauco, nunca haber realizado el sueño de tu vida, nunca haberte inscrito en esta excursión de lujo a la Madre Patria, nunca haber dejado la seguridad de tus lecturas preferidas en *Cosmopolitan* y *Vanidades*, claro está, esas nunca te habrían revelado verdades tan frustrantes, al contrario, mensualmente te distraían con sus despampanantes consejos culinarios y su chismografía entretenida sobre los del Jet Set, no como estas otras revistillas que se dan pisto a costa de una aristocracia raquítica y fuera de moda: nada más ver el desfile interminable de incoloras marquesas, duquesas, princesas venidas a menos o a más. La única nota atractiva en aquella galería de momias prevenía de las páginas repletas con las fotos de las Saritas, las Lolas, las Massieles y Marisoles folklóricas, quienes de pronto, sin habérselo propuesto, te han revelado el gran secreto, aquello que te ocultaron siempre y que te habría salvado diez años atrás, pero que ahora es sólo un rudo golpe, como decir la estocada final, peor aún, la lúcida comprensión de la vaciedad, de la nada, de la inutilidad de tu vida.

El tiempo te gasta una mortal jugarreta, dilo así. *El tiempo jugó conmigo* es el título de una voluminosa novela que quisiste leer cuando estudiabas literatura puertorriqueña, y que nunca terminaste, confiésalo, pero ahora, así tan de repente, ¡qué cosas tiene la vida!, comprendes el alcance de esas palabras del remoto título. Si hubiera venido antes, te dices, si lo hubiera sabido hace ocho años, si entonces me hubiera enterado de cualquiera de estos casos, si hubiera..., si... El condicional te alivia, te descubre un sinnúmero de posibilidades y a la vez te tortura porque todo permanece en el plano de lo potencial, en los «si» de una cláusula que engendra malvadamente unos resultados parásitos, tan hermosos de todas maneras, claro está, si fueran factibles, si...

Maldito pueblo para ti, maldito encerramiento, una isla dentro de otra, sí, los corsos enclavaron la suya en esos cafetales y con ayuda de los catalanes la rotularon, la parcelaron, la sacralizaron. En la unión está la fuerza, probablemente eso pensaron, entonces se juntaron para embarrarla con sus prejuicios y para sentar las reglas de su juego: iglesia, hacienda y casino. Te confinaron en tu falso linaje de dama venida a menos, tu abuelo fue, tu tío era, tus primos hicieron, patatí-patatá, todo tiempo pasado fue mejor. Tu apellido sonaba exótico, clara señal de tu distinción, decían ellos, y te lo creías porque dos consonantes juntas en medio de vocales raramente se escuchaban siquiera en el mismo Ponce. Soñabas con las esclavas que nunca tuviste, con los abuelos fabulosos que jugaban gallos, que perdían hasta los calzoncillos y luego valseaban como Luis XIV en el Casino, soñabas con las muselinas, sedas y encajes que hasta el puerto de Guayanilla llegaban en barco y continuaban rumbo a Ponce en briosos corceles (siempre eran briosos), soñabas con bodas, bautizos y velorios donde escanciaban barriles de sidra y ron añejo, soñabas con...

Quizás por eso te hiciste maestra de Historia y hasta pensante escribir sobre la inmigración de corsos y catalanes en Yauco, creyendo que ibas a esclarecer todos aquellos linajes perdidos que tanto te fascinaban. Quizás por eso también aceptaste la proposición de matrimonio que él, descendiente de catalanes, te hizo un Día de Reyes en el Casino. Te pareció el colmo de la elegancia el maridaje de apellidos. Cierto que no vivirían en una legendaria quinta, sino en la destartalada casona de ocho dormitorios que tu suegro alquilara a tu marido por cuarenta dólares mensuales. «Viejo tacaño —gruñía tu flamante novio—, pero no te apures que soy su único heredero y ese tiene más de un cuarto de millón, créelo, es accionista en el Banco de Ponce, quién lo diría, mira cómo nos tiene a mamá y a mí, mendigándole unos puercos pesos.»

No te importaban aquellos líos familiares, después de todo, tu prometido tenía empleo seguro en Ponce y con eso y tu salario podían ir tirando. Los primeros tres años los pasaste bien, claro, aunque la vida matrimonial no te excitaba tanto como habías imaginado: la rutina hogareña se imponía con su metódica persistencia y eso a veces te entristecía, aunque en realidad mostrabas buen carácter y tu optimismo te salvaba de esos pequeños desastres. A veces te ubicabas en aquel enmarañado patiecillo interior, lujo de años ha y ya descolorido refugio de lagartijas descaradas. Allí resurgía tu romanticismo quinceañero, soñándote Dama de las Camelias entre setos de indomables amapolas frecuentados por eróticos lagartos que te hacían releer breves apuntes de teorías freudianas. Nada turbó esos hábitos hasta un buen día en que él te dio la noticia: «Me trasladan a San Juan, tendré que buscar hospedaje allá, no te preocupes mi vida, será por poco tiempo, luego te mudarás conmigo.» Así lo creíste, confiada e ilusa como siempre, esperando la orden de la mudanza que nunca llegaba, justificando el despego creciente de aquel hombre a quien habías jurado seguir hasta la muerte. Mes tras mes tu marido fue acumulando obstáculos, posponiendo la tan ansiada fecha, encaracolándose en su retiro sanjuanero, y un mal día ya no pudiste engañarte más: «Tiene otra mujer, no hay más razón para esa frialdad tan obvia, me engaña y se engaña, telenovela de las seis de la tarde en mi propia vida, qué voy a hacer, Dios mío, callarme o decírselo.»

Quizás fue lo peor abrir la boca, él se encabritó y ya no guardó más las apariencias, brilló por su ausencia durante meses y al cabo regresó más distante y autoritario. («Vine por aquello de ver cómo están la casa y el viejo»), lo cual fue para ti el colmo porque le gritaste, lo insultaste y hasta amenazaste con divorcio. El no respondió, malhaya sea cuando no te lo pidió también a gritos porque creíste entender con su silencio que no quería divorcio, que quizás en el fondo siempre eras su verdadera mujer y que lo otro era asuntillo pasajero. En fin, todo siguió igual o peor, te consumías sin darte cuenta. El sacerdote te consolaba: «Son pruebas hija mía, que hay que sufrir, recuerda a la madre de San Agustín que tanto padeció por la conversión de su hijo y nunca se rindió, así también ruega tú para que su corazón se ablande y vuelva al redil». Lo escuchabas creyente y a la vez rebelde: «¡Hasta cuándo, padre, hasta cuándo!». Raro injerto ése de optimismo y fatalismo que te recriminaba tu ferviente catolicismo incondicional. ¡Ah, pero peor era cuando ibas a confesarte! Después del «Bendígame padre porque he pecado», las confidencias salían a borbotones, revelabas todos tus deseos reprimidos y hasta el ansia de venganza que te carcomía. El se escandalizaba muy sobriamente y con su grave voz recomendaba el acatamiento de tu misión: «Las mujeres que se sometan a sus maridos como al Señor, porque el marido es cabeza de la mujer así como Cristo es cabeza de la Iglesia». Sus consejos terminaban con aquella sentencia contundente que estimulaba tu resignación durante algunas horas: «Por eso abandonará el hombre a su padre y a su madre y se unirá a su mujer, y serán los dos una sola carne. De modo que ya no son dos sino una sola carne. Pues lo que Dios ha unido que no lo separe nadie.»

Al cabo de trece meses dejaste de pensar en el divorcio, condenación eterna, barrera infranqueable entre los sacramentos y tú. Soñabas entonces con que él regresaría arrepentido, tras mil guitarras quejumbrosas que arañarían las penumbras, luna llena en el patiecillo perfumado por los jazmines, traje vaporoso que trasluciría tus gestos lánguidos: «Perdóname linda, perdóname, he sido un canalla, vamos a comenzar una nueva vida». Justo en ese momento lloraban juntos tomados de la mano hasta que una dulce pasión los empujaba al lecho. Nutrías tu soledad con sueños y masturbaciones repletos de culpa, con rosarios y verbenas que te distraían pero que nunca lograban hacerte olvidar.

Tu historia sobre los linajudos escudos de corsos y catalanes quedó en mero proyecto. Eso quizás te habría salvado de aquella inercia que te tragaba, de aquella indiferencia monástica que amenazaba con convertirte en un cirio más. Ya a los treinta y siete te creías acabada, por eso te conmoviste tanto cuando aquel maestro rural se fijó en ti. Avancino, osó él sentarse a tu lado durante aquella reunión del distrito escolar para entablar conversación de una hora. Calló sólo cuando el superintendente empezó a sermonear. Entonces lo examinaste detenidamente y te pareció feo, no lo niegues, aunque tenía no sabes qué atractivo, quizas la forma retadora de mirar o el odioso aplomo de todos sus gestos. Quedaste subyugada, sobre todo, cuando en medio de la reunión su comentario dejó boquiabierto aun al mismo superintendente: «Qué tanta instrucción programada ni qué ocho cuartos, aquí lo que se necesita son más libros y menos embelecos». Después de la reunión ofreció llevarte a tu casa. Y así son las cosas de la vida: no tuviste más remedio que ofrecerle una taza de café, claro, lo más natural y nada censurable. Se quedó a tu lado casi dos horas más y en verdad no sabes de qué hablaron, más bien no recuerdas de que habló él, pues su voz y sus gestos acapararon todo. De ahí en adelante pasaba diz que casualmente y entraba a conversarte: «Pero oiga Elisa, no puede usted vivir tan encerrada, de la casa al trabajo y del trabajo a la casa, usted es joven y...» Entonces te ponías melancólica, entornabas los ojos y con un dejo sentencioso respondías: «Qué se va a hacer, amigo mío, es mi destino, sufrir en silencio, ya tendré mi recompensa, hay que conformarse y rezar». Pero él se enfurecía y te soltaba a boca de jarro: «Siga, siga comiendo santos mientras otros se las gozan todas». Conocía tu condición, te lanzaba cuchufletas que dolían. Y un buen día ocurrió lo inevitable: se encontraron en el Casino durante la celebración de las fiestas patronales, cuando una jaranita organizada por las Hijas de María producía el mayor éxito porque medio pueblo se amontonaba en aquel salón.

No sabes cómo te obligó a salir del Casino, tampoco cuándo llegaste a la plaza casi desierta por motivo de la jarana, y mucho menos por qué accediste a sentarte en aquel banco. «No puedes seguir así, divórciate y casémonos, eres una gran mujer». Por poco te desmayas (luego cree una que se exagera en las telenovelas). Tenías un nudo en la garganta, gemiste dos débiles noes: «No puedo divorciarme porque no creo en el divorcio». Y a eso ripostó él tajantemente: «Pamplinas, te divorcias en un santiamén, ése no te quiere para nada, tú bien lo sabes, te ha abandonado, tienes una causal que no falla, la de abandono del hogar». Hubieras querido que aquel momento se perpetuara, sin duda vivías nuevamente minutos emocionantes y por ello sonaste tan falsa al comentar: «Soy católica y no creo en el divorcio, aunque se rompan los lazos civiles siempre estaré casada con él, tú no comprendes porque no tienes fe, el matrimonio por la iglesia es indisoluble, lo que Dios ha unido que el hombre no lo separe».

Hacia la medianoche, ocultos en un rincón del patio, tu fe flaqueaba al conjuro de sus razones. Tus noes eran cada vez más lánguidos y él se reconocía casi dueño de tu voluntad. Cuando se despidió, ya daba por real el divorcio. Mientras tanto, tú permanecías alelada. Hasta el otro día no te percataste de las consecuencias de aquello. Curioso que por vez primera te justificaras plenamente: él tiene razón, yo no fui quien abandonó el hogar, siempre fui fiel, ¿por qué tengo que sufrir si soy inocente?, ¿acaso no tengo derecho a ser feliz? Soltaste esas reflexiones a tu director espiritual tan pronto como pudiste. Las habías aprendido de memoria, de modo que te fuera fácil hablar sin titubeos durante más de quince minutos. El te escuchó paternalmente, pero de pronto, con sólo una mirada fulminante, te cortó la verbosidad entusiasta. Y unas cuantas frases tronantes procedieron a hundirte en la mayor angustia: «Bien, si lo haces no podrás contraer matrimonio por la iglesia y estarás separada por siempre de los sacramentos, recuerda que ante Dios sólo tienes un esposo».

Luego tus castillos se volvieron sal y agua, ya no tuviste reposo, sólo remordimientos y congoja. Te encerraste en tal mutismo, que el mismo padre se dio cuenta y te obligó a asistir en San Juan a un retiro espiritual que iluminara tu confundida alma. De allá regresaste aparentemente fortalecida y tus noes volvieron a cobrar su tajante agrura. De tu enamorado, indudablemente cansado de insistir, un mal día no supiste más.

A veces te preguntas acerca del transcurso de estos diez últimos años entre crueles recuerdos y dulces recriminaciones, tu historia resumida en un cadencioso bolero: «lo que pudo haber sido y no fue...» De vez en cuando te sentías gran mártir, sufrida y paciente mujer ya redimida por la renuncia de la mundana felicidad.

¡Idiota, idiota!, te dices con tanta convicción que una oleada de autodesprecio te obliga a encauzar la justa indignación dando patadas sobre la costosísima alfombra de arabescos indescifrables de ese tu hotel de cuatro estrellas. Tal sublimación no te basta y buscas frenéticamente dónde descargar tu contenida cólera. Agarras con fuerza el chivo expiatorio más próximo: un lustroso toro de porcelana que sirve de base a la lamparilla de noche. Vas a arrojarlo contra los tapices colmados de escenas bucólicas frecuentadas por machos cabríos y regordetas ninfas sonrosadas, cuando súbitamente tropiezas con la mirada extasiada de un Quijote-Pastor, embelesado él por tantas maravillas campestres, y al conjuro de sus ojos tu brazo desciende vertiginosamente, exhausto por tanto esfuerzo inútil. ¿Cuándo terminará tu sufrimiento? Ah, ¿se te castiga acaso por haber osado salir de tu cárcel provinciana? Este viaje a Europa constituye la única cana al aire, aunque maldita sea la hora en que decidiste venir. El culpable, una vez más, tu director espiritual: «Debes darte ese saltito, te lo mereces, España es el paraíso de la tierra, qué muchos museos y catedrales vas a ver hija mía, y la excursión incluye una visita a la Lourdes de Francia». Y aquí te encuentras, siempre obediente a sus sabios consejos, sumisamente esperando cumplir con un itinerario que ya poco te importa. Por eso te dices que tienes bien merecido cuanto te ha pasado, naciste boca abajo, bobaliconamente buena, ahora no tienes por qué lamentar las consecuencias.

Sí, te dices, a lo hecho pecho, el mundo sigue girando, no hay mal que por bien no venga, tampoco hay mal que dure cien años ni cuerpo que lo resista. Debes acicalarte, disimular las ojeras, ordenar esas malditas revistas y guardarlas, al fin y al cabo, qué culpa tienen de tu ciega obediencia, de tu catolicismo de cuatro estrellas. Pero confiésalo, te duele mirar nuevamente a esa hermosa cantante rubicunda que sonríe desde una portada de *Semana*, tan feliz bajo sus níveos tules, tan romántica con su coronita de capullos amarillos... La lágrima que no has querido soltar se te escapa, al releer los titulares: «Se casa Viviana en la misma iglesia donde contrajo matrimonio por vez primera». Y debes confesar que eres masoquista porque sigues leyendo: «Viviana nos reveló que el mismo sacerdote que bendijera sus primeras nupcias, accedió a oficiar en este su segundo matrimonio». Ese fue el titular que te desconcertó cuando, buscando alguna lectura ligera para conciliar el sueño, te topaste en plena Puerta del Sol con la foto de aquella atractiva novia. Curiosa, hojeaste la revista porque creías que la tal Viviana, viuda la pobre, había contraído matrimonio nuevamente. ¿De qué otro modo podías explicar el hecho de que por segunda vez oficiara en su caso el mismo sacerdote?

Pensaste que la cantante tenía pésimo gusto, vaya, casarse en el mismo lugar, eso trae mala suerte, ni loca lo hubieras aceptado tú. Pero cuando acabaste de leer el artículo, no pudiste creer lo que descubrías. Después de anular su matrimonio anterior sin grandes dificultades, la cantante apresuraba los preparativos de su segunda boda durante el verano porque en otoño tendría que cumplir compromisos profesionales y... De ahí en adelante, las descripciones de los atuendos nupciales comenzaron a girar descompasadamente dentro de tu pobre cabeza. Sólo retenías la suma de ochenta mil pesetas, cálculo conservador de la autora del reportaje sobre los gastos de la anulación. A partir de aquel instante, pareciste una demente: compraste todas las revistas femeninas expuestas en el estanquillo y febrilmente te diste a la tarea de examinarlas una por una, más bien hurgarlas con una morbosidad creciente.

Los ejemplares de *Semana*, *Hola* y *Lecturas* sufrían tu implacable examen y eran testigos de aquella ira pequeñita que te iba ahogando a medida que cada nuevo reportaje hacía más evidente tu estupidez. En el colmo de tu paroxismo alcanzaste a ver las fotos del recordado marido de aquella dulcísima Marisol, la chica que hacía las delicias de las quinceañeras en el único cine de Yauco, y casi aullaste de dolor cuando, luego de una ojeada ávida, te enteraste de que él ya no era marido de la salerosa chiquilla, sino que se había convertido en el flamante esposo de no recuerdas cuál marquesilla española, claro está, luego de haber obtenido la tan ansiada anulación en... No, no era broma ni chisme de cotarrillo. Allí estaban las fotos de los nuevos cónyuges, ceremoniosamente amartelados ante otro catoliquísimo altar.

Cuando terminaste tu loca peregrinación a lo largo de aquellas páginas, ciertos datos te habían dejado agujereadas las sienes: en el Tribunal Eclesiástico de Barcelona la tasa máxima para los trámites conducentes a la declaración de nulidad matrimonial es de cuarenta mil pesetas, ¿ochocientos dólares?, cuarenta mil pesetas, ¿novecientos cincuenta dólares? Y aprendiste de memoria el párrafo donde se resumían las causales aceptadas por tal tribunal: negarse a concebir

hijos, haber sido infiel, crueldad física o reniego de la orto-
doxa indisolubilidad matrimonial.

No sabes cuánto tiempo permaneciste en estado catalépti-
co. Despertaste de tu colosal asombro frente al espejo de tu
madrileñísima habitación de cuatro estrellas. Sí, ahí hipnotizada, sin creer nada de cuanto habías leído, mesándote los
cabellos resecos, sin decidirte por el fácil camino hacia el
lecho acogedor. Y de todos modos, ¿podrías dormir con ese
asomo de claridad que ya se filtra por los ligeros cortinajes?

Así te sorprende el amanecer, entre revistas y lágrimas,
entre condicionales e indicativos, lejana y sombría (lo mismo
que en alguna novela de las seis de la tarde), te contemplas en
el espejo de lunas biseladas de tu hotel de cuatro estrellas. Ya
nada te sorprende, ni siquiera esa ictérica aureola tan
detestada y combatida durante años de inútil lucha, menos
aún esas ojeras que se agrandan a medida que la luz te
alcanza.

Pero súbitamente algo estalla dentro de ti: sientes deseos
de correr, de salir cuanto antes de esas cuatro paredes. A
ciencia cierta no sabes de dónde procede esa enérgica apeten-
cia. ¿Acaso la luz madrileña te conmueve en demasía?
Descorres en un santiamén las cortinas y te asomas al espectáculo matutino: afanosos turistas en busca de pensiones módi-
cas, estanquillos que se aprestan a recibir su diaria mercancía, autobuses de Pullman-Tours con su. ..usiasta carga consuetudinaria, risueños colegiales que parlotean y gesticulan
alborotosamente.

¡Ah!, respiras hondo, preciosa mañana, que sigan los
demás con sus museos y sus piedras, ¿por qué no he de hacer
lo que me dé la gana si hoy es mi día? ¡Tiene que ser mi dí
sólo mío! Rápidamente alcanzas tu bolso porque nada puede
detenerte, ni siquiera tu horrible facha. Y entonces suena el
teléfono que automáticamente descuelgas para escuchar la
castellanísima dicción de tu guía, esa exótica dicción que te
intimida, incluso te obliga a adoptar de inmediato la compos-
tura perdida, y te sorprendes, no lo niegues, de tu lacayesco
¡hola!, ¿qué tal?, correspondido con creces por la verbosidad
incontenible del cicerone, quien con perfecta articulación te
ordena que estés lista a las diez porque habrán de partir hacia
Toledo, sí, hacia la ciudad del Greco, señora, en donde se

oficiará una misa cantada en honor del grupo de turistas caribeños... ¿En honor nuestro? balbuceas, vaya, ¡qué gentileza! ¿Vale, querida señora? Sientes a flor de labios cómo el sibilante ssíí se desliza sin dificultad, te hace cosquillas en la punta de la lengua, se enrosca y desenrosca sin cuajarse, extraña lucha de la serpentosa consonante con la tímida vocal que te hace sentir incómoda ante el imperioso reclamo del castellanísimo ¿vale? que una y otra vez el guía repite, sorprendido por tu repentino silencio. Pero no puedes articular el sumiso monosílabo porque una cosa extraña comienza a trepar por tu esófago, la sientes venir, diminuta bola peluda que va creciendo a medida que asciende, sí, ya invade la tráquea hinchándose más y más sin que puedas evitarlo: tienes que vomitar prestamente esa intrusa criatura, si no te ahogarás, morirás, sí, con ese otro aborto que desgarrará tu garganta. El terror contrae todas tus vísceras que se aúnan en el pujo decisivo del parto liberador: solemne instante en que la esfera perfecta de ese NOOO reprimido estalla para llorar su primera luz. Alelada, colocas el auricular en su sitio, mientras repites con creciente frenesí el gozoso indicativo de la negación absoluta...

2. Solo: Ana Lydia Vega
(Talía Cuervo)

1. Pollito Chicken

*«Un homme à cheval sur deux cultures
est rarement bien assis.»*
Albert Memmi

I really had a wonderful time, dijo Suzie Bermiúdez a su jefe tan pronto puso un spike-heel en la oficina.

San Juan is wonderful, corroboró el jefe con benévola inflexión, reprimiendo ferozmente el deseo de añadir: I wonder why you Spiks don't stay home and enjoy it.

Todo lo cual nos pone en el aprieto de contarles el surprise return de Suzie Bermiúdez a su native land tras diez años de luchas incesantes.

Lo que la decidió fue el breathtaking poster de Fomento que vio en la travel agency del lobby de su building. El breathtaking poster mentado representaba una pareja de beautiful people holding hands en el funicular del Hotel Conquistador. Los beautiful people se veían tan deliriously happy y el mar tan strikingly blue y la puesta de sol —no olvidemos la puesta de sol a la Winston-tastes-good— la puesta de sol tan shocking pink en la distancia que Suzie Bermiúdez, a pesar de que no pasaba por el Barrio a pie ni bajo amenaza de ejecución por la Mafia, a pesar de que prefería mil veces perder un fabulous job antes que poner Puerto Rican en las applications de trabajo y morir de hambre por no coger el Welfare o los food stamps como todos esos lazy, dirty, no-good bums que eran sus compatriotas, Suzie Bermiúdez, repito, sacó todos sus ahorros de secretaria de housing project de negros —que no eran mejores que los New York Puerto Ricans pero por lo menos no eran New York

Puerto Ricans— y abordó un 747 en raudo y uninterrupted flight hasta San Juan.

Al llegar, se sintió all of a sudden como un frankfurter girando dócilmente en un horno de cristal. Le faltó aire y tuvo que desperately hold on a la imagen del breathtaking poster para no echar a correr hacia el avión. La visión de aquella vociferante crowd disfrazada de colores aullantes y coronada por kilómetros de hair rollers la obligó a preguntarse si no era preferible coger un bus o algo por el estilo y refugiarse en los loving arms de su Grandma en el countryside de Lares. Pero on second thought se dijo que ya había hecho reservations en el Conquistador y que Grandma bastante bitchy que había sido after all con ella y Mother diez años ago. Por eso Dad nunca había querido —además de que Grandma no podía verlo ni en pintura porque tenía el pelo kinky— casarse con Mother, por no cargar con la cruz de Grandma, siempre enferma con headaches y espasmos y athlete's foot y rheumatic fever y golondrinos all over y mil other dolamas. Por eso fue también que Mother se había llevado a Suzie para New York y thank God, porque de haberse quedado en Lares, la pobre Mother se hubiera muerto antes de lo que se murió allá en el Bronx y de algo seguramente worse.

Suzie Bermiúdez se montó en el station-wagon del Hotel Conquistador que estaba cundido de full-blood, flower-shirted, Bermuda-Shorted Continentals con Polaroid cameras colgando del cuello. Y-sería porque el station-wagon era air-conditioned— se sintió como si estuviera bailando un fox-trot en la azotea del Empire State Building.

Pensó con cierto amusement en lo que hubiese sido de ella si a Mother no se le ocurre la brilliant idea de emigrar. Se hubiera casado con algún drunken bastard de billar, de esos que nacen con la caneca incrustada en la mano y encierran a la fat ugly housewife en la casa con diez screaming kids entre los cellulitic muslos mientras ellos hacen pretty-body y le aplanan la calle a cualquier shameless bitch. No, thanks. Cuando Suzie Bermiúdez se casara porque maybe se casaría para pagar menos income tax— sería con un straight All-American, Republican, church-going, Wall-Street businessman, como su jefe Mister Bumper porque esos sí que son good husbands y tratan a sus mujeres como real ladies criadas con el manual de Amy Vanderbilt y todo.

Por el camino observó nevertheless la transformación de Puerto Rico. Le pareció very encouraging aquella proliferación de urbanizaciones, fábricas, condominios, carreteras y shopping centers. Y todavía esos filthy, no-good Communist terrorists se atrevían a hablar de independencia. A ella sí que no le iban hacer swallow esa crap. Con lo atrasada y underdeveloped que ella había dejado esa isla diez años ago. Aprender a hablar good English, a recoger el thrash que tiraban como savages en las calles y a comportarse como decent people era lo que tenían que hacer y dejarse de tanto fuss.

El Conquistador se le apareció como un castillo de los Middle Ages surgido de las olas. Era just what she had always dreamed about. Su intempestivo one-week leave comenzó a cobrar sentido ante esa ravishing view. Tan pronto hizo todos los arrangements de rigor, Suzie se precipitó hacia su de luxe suite para ponerse el sexy polkadot bikini que había comprado en Gimbel's especialmente para esta fantastic occasion. Se pasó un peine por los cabellos teñidos de Wild Auburn y desrizados con Curl-free, se pintó los labios de Bicentennial Red para acentuar la blancura de los dientes y se frotó una gota de Evening in the South Seas detrás de cada oreja.

Minutos después, sufrió su primer down cuando le informaron que el funicular estaba out of order. Tendría que substituir la white-sanded, palm-lined beach por el pentagonal swimming pool, abortando así su exciting sueño del breathtaking poster.

Mas

—Such is life

se dijo Suzie y alquiló una chaise-longue a orillas del pentagonal swimming pool just beside the bar. El mozo le sirvió al instante un typical drink llamado piña colada que la sorprendió very positively. Ella pertenecía a la generación del maví y el guarapo que no eran precisamente what she would call sus typical drinks favoritos.

Alrededor del pentagonal swimming pool abundaba, por sobre los full-blood Americans, la fauna local. Un altoparlante difundía meliflua Music from the Tropics, cantada por un crooner de quivering voice y disgusting goleta English, mientras los atléticos Latin specimens modelaban sus biceps en el trampolín. Suzie Bermiúdez buscó en vano un rostro pecoso, un rubicundo crew-cut hacia el cual dirigir sus batientes eyelashes. Unfortunately, el grupo era predominantly senil, compuesto de Middle-class, Suburban Americans estrenando su primer cheque del Social Security.

—Ujté ej pueltorriqueña, ¿noveldá?

preguntó un awful hombrecito de no más de three feet de alto, emborujado como un guineo niño en un imitation Pierre Cardin mini-suit.

—Sorry

murmuró Suzie con magna indiferencia. Y poniéndose los sunglasses, abrió el bestseller de turno en la página exacta en que el negro haitiano hipnotizaba a su víctima blanca para efectuar unos primitive Voodoo rites sobre su naked body.

Tres piñas coladas later y post violación de la protagonista del best-seller, Suzie no tuvo más remedio que comenzar a inspeccionar los native specimens con el rabo del ojo. Y —sería seguramente porque el poolside no era air-condition-ed— fue así que nuestra heroína realized que los looks del bartender calentaban más que el sol de las three o'clock sobre un techo de zinc.

Cada vez que los turgent breasts de Suzie amenazaban con brotar como dos toronjas maduras del bikini-bra, al hombre se le querían salir los eyeballs de la cara. Hubo como un subtle espadeo de looks antes de que la tímida y ladylike New York housing project secretary se atreviese a posar la vista en los hairs del tarzánico pecho. In the meantime, los ojos del bartender descendían one-way elevators hacia parajes más fértiles y frondosos. Y Suzie Bermiúdez sintió que la empujaban fatalmente, a la hora del más febril rush, hacia un sudoroso, maloliente y alborotoso streetcar named desire.

Tan confused quedó la blushing young lady tras este discovery que, recogiendo su Coppertone suntan oil, su beach towel y su terry-cloth bata, huyó desperately hacia el de luxe suite y se cobijó bajo los refreshing mauve bedsheets de su cama queen size.

Oh my God, murmuró, sonrojándose como una frozen strawberry al sentir que sus platinum-frosted fingernails buscaban, independientemente de su voluntad, el teléfono. Y con su mejor falsetto de executive secretary y la cabeza girándole como desbocado merry-go-round, dijo:

—This is Miss Bermiúdez, room 306. Could you give me the bar, please?

—May I help you?

inquirió una virile baritone voz con acento digno de Comisionado Residente en Washington.

Esa misma noche, el bartender confesó a sus buddies hangueadores de lobby que:

—La tipa del 306 no se sabe si es gringa o pueltorra, bródel. Pide room service en inglés legal pero, cuando la pongo a gozal, abre la boca a grital en boricua.

—Y ¿qué dice?

respondió cual coro de salsa su fan club de ávidos aspirantes a tumbagringas.

Entonces el admirado mamitólogo narró como, en el preciso instante en que las platinum-frosted fingernails se incrustaban passionately en su afro, desde los skyscrapers inalcanzables de un intra-uterine orgasm, los half-opened lips de Suzie Bermiúdez producían el sonoro mugido ancestral de:

—¡VIVA PUELTO RICO LIBREEEEEEEEEEEEEEEEE!

1977

2. Letra para salsa y tres soneos por encargo

«La vida te da sorpresas,
sorpresas te da la vida...»
Rubén Blades

En la De Diego fiebra la fiesta patronal de nalgas.
Rotundas en sus pantis super-look, imponentes en perfil de
falda tubo, insurgentes bajo el fascismo de la faja, abismales,
olímpicas, nucleares, surcan las aceras riopedrenses como
invencibles aeronaves nacionales.

Entre el culipandeo, más intenso que un arrebato colombiano, más perseverante que Somoza, el Tipo rastrea a la
Tipa. Fiel como una procesión de Semana Santa con su
rosario de qué buena estás, mamichulin, qué bien te ves, qué
ricos te quedan esos pantaloncitos, qué chula está esa hem-
brota, men, qué canto e silán, tanta carne y yo comiendo
hueso...

La verdad es que la Tipa está buena. Se le transparenta el
brassiere. Se le marca el Triángulo de las Bermudas a cada
temblequeo de taco fino. Pero la verdad es también que el Tipo transaría hasta por un palo de mapo disfrazado de pelotero.

Adiossss preciosssssa, se desinfla el Tipo en sensuales
sibilancias, arrimando peligrosamente el hocico a los techni-
colores rizos de la perseguida. La cual acelera automática y,
con un remeneo de nalgas en high, pone momentáneamente
a salvo su virtud.

Pero el salsero solitario vuelve al pernil, soneando sin
tregua: qué chasis, negra, qué masetera estás, qué materia
prima, qué tronco e jeva, qué zocos, mama, quién fuera
lluvia pa caelte encima.

Dos días bíblicos dura el asedio. Dos días de cabecidura

persecución y encocorante cantaleta. Dos luengos días de qué chulería, trigueña, si te mango te hago leña, qué bestia esa hembra, sea mi vida, por ti soy capaz hasta de trabajal, pa quién te estarás guardando en nevera, abusadora.

Al tercer día, frente por frente a Almacenes Pitusa y al toque de sofrito de mediodía, la víctima coge impulso, gira espectacular sobre sus precarios tacones y: encestaaaaaaaaaa:

—¿Vamos?

El jinete, desmontado por su montura da una vuelta de carnero emocional. Pero, dispuesto a todo por salvar la virilidad patria, cae de pie al instante y dispara, traicionado por la gramática:

—Mande.

La Tipa encabeza ahora solemnemente la parada. En el parking de la Plaza del Mercado janguea un Ford Torino rojo metálico del '69. Se montan. Arrancan. La radio aúlla un bolero senil. La Tipa guía con una mano en el volante y otra en la ventana, con un airecito de no querer la cosa. El Tipo se pone a desear violentamente un apartamento de soltero con vista al mar, especie de discoteca-matadero donde procesar ese material prime que le llueve a uno como cupón gratuito de la vida. Pero el desempleo no ceba sueños y el Tipo se flagela por dentro con que si lo llego a saber a tiempo le allano el cuarto a Papo Quisqueya, pana de Ultramona, bródel de billar, cuate de jumas y jevas, perico de altas notas. Dita sea, concluye fatal. Y esgrimiendo su rictus más telenovel, trata de soltar con naturalidad:

—Coge pa Piñones.

Pero agarrando la carretera de Caguas como si fuera un dorado muslo de Kentucky-fried chicken, la Tipa se apunta otro canasto tácito.

La entrada al motel yace oculta en la maleza. Ambiente de guerrilla. El Torino se desliza vaselinoso por el caminito estrecho. El empleado saluda de lejitos, mira coolmente hacia adelante cual engringolado equino. El carro se amocola en el garage. Baja la Tipa. El Tipo trata de abrir la puerta del carro sin levantar el seguro, hercúlea empresa. Por fin aterriza en nombre del Homo Sapiens.

La llave está clavada en la cerradura. Entran. Ella enciende la luz. Neón inmisericorde, delator de barros y espinillas.

El Tipo se trinca de golpe ante la mano negra y abierta del empleado protuberando ventanilla adentro. Se acuerda del vacío interplanetario de su billetera. Minuto secular y agónico al cabo del cual la Tipa deposita cinco pesos en la mano negra que se cierra como ostra ofendida y desaparece, volviendo a reaparecer de inmediato. Voz roncona tipo Godfather:

—Son siete. Faltan dos.

La Tipa suspira, rebusca en la cartera, saca lipstick, compacto, cepillo, máscara, kleenex, base, sombra, bolígrafo, perfume, panti bikini de encaje negro, Tampax, desodorante, cepillo de dientes, fotonovela y dos pesos que echa como par de huesos a la mano insaciable. El Tipo siente la obligación histórico-social de comentar:

—La calle ta dura, ¿ah?

Desde el baño llega la catarata de la pluma abierta. El cuarto tiene cara de closet. Pero espejos por todas partes. Cama de media plaza. Sábanas limpias aunque sufridas. Cero almohada. Bombilla roja sobre cabecera. El Tipo como que se friquea pensando en la cantidad de gente que habrá sonrojado esa bombilla chillona, toda la bellaquería nacional que habrá desembocado allí, los cuadrazos que se habrá gufeado ese espejo, todos los brincoteos que habrá aguantado esa cama. El Tipo parquea el cráneo en la Plaza de la Convalescencia, bien nombrada por las huestes de enfermitos que allí hallan su cura cotidiana, oh, Plaza de la Convalescencia donde el espaceo de los panas se hace rito tribal. Ahora le toca a él y lo que va a espepitar no es campaña electoral. Se cuadra frente al grupo, pasea, va y viene, sube y baja en su montura épica: La Tipa estaba más dura que el corazón de un mafioso, mano. Yo no hice más que mirarla y se me volvió merengue allí mismo. Me la llevé pa un motel, men, ahora le tumban a uno siete cocos por un polvillo.

La Tipa sale del baño. Con un guille de diosa bastante merecido. Esnuíta. Tremenda india. La Chacón era chumba, bródel.

—¿Y tú no te piensas quitar la ropa? truena Guabancex desde las alturas precolombinas del Yunque.

El Tipo pone manos a la obra. Cae la camiseta. Cae la correa. Cae el pantalón. La Tipa se recuesta para ligarte mejor. Cae por fin el calzoncillo con el peso metálico de un cinturón de castidad. Teledirigido desde la cama, un proyectil clausura el strip-tease. El Tipo lo cachea en el aire. Es —oh, pudor— un condescendiente condón. Y de los indesechables.

En el baño saturado de King Pine, el macho cabrío se faja con la naturaleza. Quiere entrar en todo su esplendor bélico. Cerebros retroactivos no ayudan. Peles a través de puerta entreabierta: nada. Pantis negros de maestra de estudios sociales: nada. Gringa soleándose tetas Family Size en azotea: nada. Pareja sobándose de A a Z en la última fila del cine Paradise: nada. Estampida de mujeres rozadas en calles, deseadas, desfloradas a cráneo limpio; repaso de revistas Luz, Pimienta embotelladas; incomparables páginas del medio de Playboy, rewind, replay; viejas frases de guerra caliente: crucifícame, negrito, destrúyeme, papi, hazme papilla, papote. Pero: nada. No hay brujo que levante ese muerto.

La Tipa llama. Clark Kent busca en vano la salida de emergencia. Su traje de Supermán está en el laundry.

En una humareda de Malboro, la Tipa reza sus últimas oraciones. La suerte está como quien dice echada y ella embollada en el despojo sin igual de la vida. Desde la boda de Héctor con aquella blanquita comemierda del Condado, el hímen pesa como un crimen. Siete años a la merced de un dentista mamito. Siete años de rellenar caries y raspar sarro. Siete años de contemplar gargantas espatarradas, de respirar alientos de pozo séptico a cambio de una guiñada, un piropo mongo, un roce de mariposa, una esperanza yerta. Pero hoy estalla el convento. Hoy cogen el vuelo de tomateros los votos de castidad. La Tipa cambia el canal y sintoniza al Tipo que el destino le ha vendido en baratillo: tapón, regordete, afro de peineta erecta, T-shirt rojo pava y mahones ultimatum. La verdad es que años luz de sus más platinados sueños de asistente dental. Pero la verdad es también que el momento histórico está ahí, tumbándole la puerta como un marido borracho, que se le está haciendo tarde y ya la guagua pasó, que entre Vietnam y la emigración queda el racionamiento, que la estadidad es para los pobres, que si no yoguea engorda y que después de todo el arma importa menos que la detonación. Así es que: todo está científicamente programado. Hasta el transistor que ahogará sus gritos vestales. Y tras un debut en sociedad sin lentejuelas ni canutillos, el velo impenetrable del anonimato habrá de tragarse por siempre el portátil parejo de emergencia.

De pronto, óyese un grito desgarrador. La Tipa embala hacia el baño. El Tipo cabalga de medio ganchete sobre el bidet, más jincho que un gringo en febrero. Al verla, cae al suelo, epilépticamente contorsionado y gimiendo como ánima en pena. Pataleos, contracciones, etcétera. Pugilato progresivo de la Tipa ante la posibilidad cada vez más posible de haberse enredado con un tecato, con un drogo irredento. Cuando los gemidos se vuelven casi estertores, la Tipa pregunta prudentemente si debe llamar al empleado. Como por arte de magia cesan las lamentaciones. El Tipo se endereza, arrullándose materno los chichos adoloridos.

—Estoy malo del estómago, dice con mirada de perrito sarnoso a encargado de la perrera.

SONEO I

Primeros auxilios. Respiración boca a boca. Acariciando la pancita en crisis, la Tipa rompe con un rapeo florecido de materialismo histórico y de sociedad sin clases. Fricción vigorosa de dictadura del proletariado. Recital aleluya del Programa del Partido. El Tipo experimenta el fortalecimiento gradual, a corta, mediana y larga escala, de su conciencia lirona. Se unionan. Emocionados entonan al unísono la Internacional mientras sus infraestructuras se conmocionan. La naturaleza acude al llamado de las masas mobilizadas y el acto queda dialécticamente consumado.

SONEO II

La tipa confronta heavyduty al Tipo. Lo sienta en la cama, se cruza de piernas a su lado y, con impresionante fluidez y meridiana claridad, machetea la opresión milenaria, la plancha perpetua y la cocina forzada, compañero. Distraída por su propia elocuencia, usa el brassiere de cenicero al reclamar enfática la igualdad genital. Bajo el foco implacable de la razón, el Tipo confiesa, se arrepiente, hace firme propósito de enmienda e implora fervientemente la comunión. Emocionados, juntan cabezas y se funden en un largo beso igualitario, introduciendo exactamente la misma cantidad de lengua en las respectivas cavidades bucales. La naturaleza acude al llamado unisex y el acto queda equitativamente consumado.

SONEO III

La Tipa se viste. Le lanza la ropa al Tipo, aún atrincherado en el baño. Se largan del motel sin cruzar palabra. Cuando el Torino rojo metálico del '69 se detiene en la De Diego para soltar su carga, sigue prendida la fiesta patronal con su machina de cabalgables nalgas. Con la intensidad de un arrebato colombiano y la perseverancia somociana, con la desfachatez del Sha, el Tipo reincide vilmente. Y se reintegra a su rastreo cachondo, al rosario de la interminable aurora de qué meneo lleva esa mulata, oye, baby, qué tú comes pa estal tan saludable, ave maría, qué clase e lomillo, lo que hace el arroz con habichuelas, qué troj de calne, mami, si te cojo...

1979

3. Puerto Príncipe abajo

«...sólo a veces Don Quijote
por chiflado y musaraña
de tu maritornería
construye una dulcineada».
Luis Palés Matos

DIAPOSITIVA I

— Lo malo no ej el calol, ej la humedá.

Una hora de sudor y polvo. El sol Tonton Macoute maca-
neando el aeropuerto. La ropa vampiro sobre la piel. Ese
polvo que todo lo estrangula con su media de nylon blancuz-
ca. Los mozos frotando vasos con trapos grasientos como la
cara de la cacatúa portorricensis toda anticipación de huevos
con tocineta. Qué crucifixión ayer durante el aguacero que
prendió a traición empujándonos bajo las arcadas: cacareo a
capella. Presión de culos craterosos sobre polyester chillón.
La cacatúa deshaciéndose en halagos para con los haitianos:
tan finos, tan resignados, tan alegres, tan atentos, tan humil-
des y — lo que es para ella el summum del cachet — tan cultos
que hasta francés hablan. Entonces rompe el coro de las
lamentaciones: qué lástima pobrecitos parte el alma ay
bendito qué miseria Dios mío. Y el inevitable He ahí la
cosecha amarga de la Independencia, final como un Ite Missa
Est.

Bueno que me pase. Toda inocencia merece el martirio.
Como si purificarse enseñando en la escuela pública, como si
Vaya misi qué buena está, la jeringuilla sobre el pupitre,
Angel Luis masturbándose en plena discusión de *La Llama-*
rada no bastara. El destino me reservaba esta ordalía turísti-
ca, este amable week-end en el infierno. Mas Johannes est

nomen eius. El pendejo cordero del escudo bala su eterno bolero soporífero.

Perdón: pero cómo no sentirse vedette en medio de esta delegación de matronas urbanizadas: profusión de Chanel cinco y greñas saturadas de laca a prueba de huracán. Con los maridos a cuesta y en el pico un corsage del Día del Maestro. Verbodiarrea amenizada por el brilloteo intermitente de un diente de oro. Hoy querrán saber mi signo del zodíaco. Espulgar mi afro en busca del antepasado fatal. El status está en issue: desafiar la amabilidad boricua, virtud entre virtudes nacional, o arresmillarse en una sonrisa cómplice de mantengo. Que me fusile a quemarropa la Asociación de Maestros. Todo antes que la baba viscosa de la cacatúa en mi brazo. Ovarios de acero inoxidable en rodaje: he de sobrevivir a este golpe bajo de la Muerte en Haití.

DIAPOSITIVA II

—Ave María, qué oscuridá, como está el prieto ahí...

Puerto Príncipe: un perro sarnoso tirado en el muelle. Filas de mendigos que hostigan al caminante tembluzco de buenas intenciones. Manos de dorso oscuro y palma blanca, tipo yagrumo. Abiertas, crispadas, cónicas, cuadradas, circulares, caídas, tullidas, izadas, aferradas a la ventana fugitiva del auto alquilado por aquello de evitar el roce. En contínua persignación: de la garganta al vientre a tus ojos de excursionista hastiada. Esas manos perpetuamente agitadas. Más viejas que los almacenes blancos de cuando los franceses. Ejércitos seculares de tripas sin redención.

DIAPOSITIVA III

—Ese patuá no lo entiende ni el Gran Podel.

La miseria tiene mil lenguas. Timbra todas las voces. Chillidos de regateadoras atentas al conteo de las gourdes. Ladridos en créole rabioso por las migajas que dejó aquel americano sobre la mesa. Susurros roncos como el de Wilfrid montando guardia frente a tu hotel. En el bolsillo, de medio ganchete, su imagen inmortalizada por la Polaroid de un canadiense.

—¿En cuánto me das la foto?

—Twenty, Madame.

—¿Dólares? You crazy.

—Ten goud', dix.

—Muy caro. Mejor te retrato yo.

Y antes de que le apuntes con tu lente homicida, desaparece a velocidad de orgullo herido. Su camiseta: un puntito blanco al final del callejón.

DIAPOSITIVA IV

—Ay, m'hija, la De Diego es Fifth Avenue al lao de aquello.

La Grand' Rue, gorda lombriz solitaria en el vientre de un ahorcado. Tab-tabs pisicorres atrevesándola como celajes rumbo a la avenida John Brown. Lápidas policromas sobre la frente. Folklóricas según Air France, etnológicas Legbá Señor Camino, filosóficas Bon Dieu Bon, pornográficas Dios delante y yo detrás. Choferes empujan peatones como ganado enfermo. Cobran quince centavos por arrancarte al sudor y al polvo y elevarte por carreteras tuertas de riscos hasta el Olimpo Cafolé. Allí un petit punch, un arroz yonyón, una langosta rellena a la créole, unas cerezas al aguardiente. Harturas de Pétionville entre cortesías coloniales y mansiones hollywoodenses. Pensiones familiares guiñan párpados maquillados de trinitarias al son de guitarras nativas. En la panza enorme de Pétionville, criadas vestidas de blanco colocan frutas frescas sobre las mesas. El cielo escarlata de vergüenza. Y Puerto Príncipe, abajo.

DIAPOSITIVA V

—Nena ¿y tu marido te deja viajal sola?

Frente al Hotel Acrópolis hay una mulata clara de melena Lola Flores. Se me acerca para venderme un collar de madera. Feo, mal hecho. Y me llama hermanita con ese acento melao de los dominicanos. Le aflojo un peso por debilidad y me cuenta del puertorriqueño que se echó al cuerpo a mediodía. Aquel que está ahora apostado junto al bar anegándose las tripas en cerveza. Revivimos el rito: mi compatriota la sube al cuarto aprovechando una salida de su tierna cónyuge. La amasa de arriba a abajo en la escalera. Palpa la mercancía como traficante experto. Con unas ganas de presidiario. Apertura de puertas. Bocas. Piernas. El tipo rejiende desaforado hacia la cama. A empujones. A bichazos. Hermanita pierde el equilibrio. Cae al suelo. El boricua siempre encima. A gruñidos. A bufidos. A mamis estertores casi.

—Quítate esa porquería.

Orden del macho cabrío acompañada de viril tirón al brassiere. Se le complace en el acto. El brassiere cae a cámara lenta con languidez de otoño de película gringa. Y ya se adhiere el boricua como sanguijuela a la guanábana dominicana cuando —oh, Buñuel— un chorro de leche tibia lo para paradójicamente en seco. Escupe espeso y le entra a bofetadas a la pobre Altagracia, lanzándole la siguiente flor:

—Puta sucia, ¿pol qué no me dijitej quejtabaj encinta?

Altagracia se ríe ahora, me dice que los puertorriqueños son unos místicos, que a los dominicanos les gusta la leche de madre y el vajo a bacalao. En eso llega la mujer del héroe —aguaita, mama— toda despliegue de chichos desplazados por la faja, toda fanfarria de pulseras de charms, mostrando los cinco ceniceros idénticos para sus cinco mejores amigas que su infatigable regateo le consiguió en cinco centavos americanos. Se queja del sol, de la humedad, del créole, del ruido, de los limoneros. Y como que se le humedecen los ojos ante el recuerdo acondicionado de un día de compras en Plaza Las Américas.

DIAPOSITIVA VI

—Lo mejol fue cuando metieron laj manoj en el fuego.

Puerto Príncipe se te aparece ahora como en sueños. Toda condecorada de héroes. El Campo de Marte está desierto. Excepto por los militares que juegan topos tras los portones del Palacio Presidencial. Se dispersó la escasa asistencia al concierto de música marcial. Aún turban el sereno los últimos acordes de:

> Grenadiers à l'assaut
> ça qui mouri z'affaire à yo...

Las estatuas de Louverture, Dessalines y Christophe perforan de blanco la oscuridad.

Los demás han ido a la caza de vudú como turistas gringos sedientos de sangre de pollo. A la altura de sus pasaportes. Se llevaron una caneca de Don Q porque el Barbancourt les sabe a perfume. Y las matronas espiriteras se metieron las envidias entre las verijas y se dispusieron al trabajito tumbacabezas, al despojo difícil de la menopausia.

Insistes en aislarte con Haití. El de la Historia. El que pone la piel de gallina y timbales en el pecho. Poseída por Ogún, con todos los ejércitos dessalinianos cabalgándote en el cráneo, quieres nada menos que violentar la cuerda del tiempo y ver germinar en flashback el árbol mentado de la libertad. Romanticismo intelectual de ligas menores, proclama sonriente el veterano mutilado de tu ser.

A tu lado amenaza el Negro Cimarrón con su cadena trunca en el tobillo y su antorcha erecta a las estrellas. No es más que una estatua frente a los tanques del palacio blanco.

Allá arriba bosteza Pétionville. La luna mira televisión impasible. Y tú ya no comulgas con Boukman y Mackandal en el Bosque Caimán. Los aullidos de los vivos te coagulan la sangre en Puerto Príncipe.

DIAPOSITIVA VII

—Gentuza y titerería era lo que había allí.

La Cabane Choucoune tepe a tepe. Oh là là. La orquesta no es mala. Merengue un poco trotón. Las matronas agitando en vano las bateas. La gracia les ha sido vedada por la Constitución del '52. Ahí van los haitianos brillando hebillas con ese meneíto suave pero seguro. El punch se me ha encaramao. El botón más crucial de mi blusa amenaza con exposición deshonesta. Podría decirse en el sentido estrictamente físico de la frase que me siento bien. Los maridos puertorros no se atreven a sacarme bajo el ojo cancerberino de las doñas. Confiteor: coqueteo perverso de mi parte. Pero en realidad no hay uno solo que me cuque la líbido. Como excitarse ante la imagen omnipresente de esos paterfamiliae regando la grama delante de sus celdas de cemento armado en camiseta y bermudas. Por fin un hombre se ha puesto de pie. Sonrisa de vendedor de zapatos. A todas luces picao. Listo para clavar banderillas a siniestra. Su panza me llega segundos antes que su mal aliento. Visión apocalíptica del mamut portorricensis ante un plato gigantesco de arroz con habichuelas. Preferible el voto de castidad a ese graznido de ejecutivo en mi oreja. En photo-finish, me levanto, corro, me precipito sobre el primer cuerpo que me frustra la fuga. Para descubrirme toda ondulada de merengue haitiano en los brazos de una mujer. Crescendo wagneriano. Avalancha de carcajadas como ante un poema del Día de las Madres recitado por Shorty Castro. Risa que trepa como pillo fino y el volumen que aumenta y el acordeón de mis vísceras y la debilidad de mis piernas y el ron y la música y el desconcierto de mi pareja y la frustración del mamut y la cólera de la cacatúa y el ridículo de las elecciones coloniales y el absurdo de esta excursión a las ventas del carajo.

Me estoy meando a marejadas.

DIAPOSITIVA VIII

—Yo como que te he vijto a tí en otro lao.

Dies Irae. Llevo colgado al cuello el carnet del Partido. Comunista luego atea. Feminista luego marimacha. Negra luego parejera. Ni el Vampiro de Moca. Oh, paranoia galopante de colonizada. De todas maneras, mirada de guardia de choque. Se estarán preguntando en qué escuela enseño para ponerla en cuarentena. Debería sentirme épica. Sin embargo soy desinflada bomba de happy birthday. No deseo sino una cosa: sacarle el cuerpo a esta atmósfera de funeraria clase media. Tanto lloriqueo y quién conoce al muerto. Me irrita el menor ruido. La lentitud del empleado del bar. El retraso del vuelo. El chachareo elegíaco de mis compatriotas. La conversación ha evolucionado algo. No es que se haya profundizado, sino que ahora las maletas estallan de souvenirs y nadie se apiada más de los haitianos. Es la hora de Preciosa y En mi viejo San Juan. Con la alegría de una reunión de fundadores del Partido Popular. Procesión de chevrolets monoestrellados. Las orientadoras vocacionales llevan siempre un Stanford-Binet en sus carteras. Por eso afirman que el I.Q estadolibrista es rascacielos más alto que el de este leprocomio doblemente afligido en su pobreza y negritud. Por eso elevan Te Deums desentonados a la gloria del futuro papa boricua. Y los guadalupeños que se chupen su volcán.

Estimo que mis compañeros de viaje se han graduado. Diplomas al regreso. Será una conmovedora ceremonia de toga y birrete. La cacatúa nos pasará las diapositivas después. Nada como una vueltecita por este reventado archipiélago para comprender al fin el rastrero evangelio de los gusanos: Miami a la vista.

DIAPOSITIVA IX

—Adioj, mira y que medio peso por una caja e chicle.

Rondo por el duty-free shop. Grilletes en la lengua. Me pruebo unos aretes de cobre. Los adioses fañosos más pendejos que un debut de casa de España.

—Ou dominicaine?

—Portoricaine.

—Aaah. English, yes?

Se te vuelve a poblar la cabeza de pañuelos de alfombras de paja de estatuillas desnudas de flautas de colores de olores a café a carbón a aceite de guayaberas con puntadas blancas de caminares serpentinos de tinajas de máquinas de coser paraguas canastas meneo de nalgas. Hubieses querido echarle otro vistazo a los murales de La Trinité que una lumbrera calificó de garabatos de kinder. Puerto Príncipe te ha vuelto a encabullar en su trompo. Y estás una vez más en el mercado con ese deseo de tomar una foto que te cabalga como un loa malcriado. Te dices beata que la miseria no es folklore.

Recuerdas que te falta un botón y preguntas cuánto cuesta el primero que te salta a la vista. Cinco dólares, dice. Es un hombrecito de mirada inquieta. Te fichó: TURISTA. A pesar del color, a pesar del amor. TURISTA: como ellos. Le dices que no, tristeza del gesto. Sigues caminando entre el vocerío, manos ojos que llaman. Una niñita te ataja. Extiende la mano como para tomar la tuya. Mirada de zombi. Te desliza algo entre los dedos. El botón de los cinco dólares: aquí le manda Papá. Metes la mano en la cartera para darle algo. Desaparece. Entonces te agarra una idiota euforia. Y vuelves al hotel, reliquia en mano, negándote a la autopsia. Toda rompecabezas de islas reencontradas.

DIAPOSITIVA X

—A mí no me vuelven a cogel.

Puerto Príncipe sigue echado junto al muelle. Fiel a su ama Niña Muerte. Le clavas la mirada desde arriba hasta que se te desmaya en la distancia. Todo es azul y espuma. Azul y nubes. Te espera dilatado el cielo uterino de San Juan. Alivio. Tú también. Mea culpa. Haití es una bofetada a tu bondad sintética. Un país que no perdona. Todo acto es culpable y la pena un lujo que se paga a precios de turista.

San Juan te volverá a tragar. Amablemente como él sabe. En su tembleque de vagas emociones. Con su amplia sonrisa de primera comunión, te apretará sin malicia. Fuerte. Natal. Caliente. Hasta estrangularte de cariño.

Allá abajo, Puerto Príncipe se pone como un sol naufragado.

—Dicen que Ejpaña ej preciosa...

1978

4. Trabajando pal inglés

«Ay, yo bien conozco a tu enemigo,
el mismo que tenemos por acá...»
Nicolás Guillén

Mirella querida:

Recibí tu cartica tan cariñosa y te agradezco desde lo más profundo del alma las palabras de consuelo que me dedican tú y Norberto. Espero que esta amarga experiencia nuestra sirva para evitar más tragedias. Por eso, tú, hija, date tu viajecito por Las Vegas y olvídate del mundo. Que Mirellita se quede en casa de Babé y ya. Total, mientras más la protejas, más rápido se te va con el primer guanajo que le caiga arriba. Sí, vieja, uno se quita el pan de la boca para dárselo a los hijos, uno los cría como oro en paño, porque tú sabes que Martica estudió nada menos que en La Inmaculada de Cuba, que no es poco decir y que cuando Guillermo y yo llegamos aquí no escatimamos para matricularla en el College de Las Madres, donde se supone que va la crema de la crema de este país. Pero cría cuervos, chica. Ya yo estoy que ni en congrí con yuca creo. Después de lo que nos hizo la muy malagradecida. No quiero acordarme porque se me hierve la sangre gallega que llevo en las venas por parte de Mamá y me entran unas ganas de arrancarle los ojos al primer mico que se me ponga enfrente...

A decir verdad, yo nunca pude tragarme lo del noviazgo ese. Lo calé desde el principio. Hasta el tuétano. Las madres tenemos un sexto sentido para estas cosas... Yo siempre le machacaba a Martica: Ojo, m'hija, que cuando uno no está en su país no se sabe nunca quién es quién. De cualquier malla sale un ratón. Pero los jóvenes no oyen consejos, qué va. Y menos para llegar a viejos. Imagínate que la Martica se atrevió a decirme una vez que después de los cincuenta más valía pegarse el tiro. Ya no hay valores, qué sé yo. No se puede ser demasiado bueno con los hijos. A la Martica no le faltaba más que sarna para rascarse. Si la muchacha pedía la luna, la luna se le encargaba a Miami por catálogo. Sobre todo Guille que veía luces por su hija. Y ya tú ves.

Cada vez que el sinvergüenza del Gervasio aquel se asomaba por aquí, yo le ponía una cara de miércoles de ceniza que no me explico todavía cómo le quedaban ganas de volver. Pero cuando Martica se lo echó de novio, no hubo más remedio que hacer de tripas corazones y tragarse el purgante. De primera intención no parecía mal muchacho, no. Comedido y correcto, mucho Perdonando la pregunta y Si no es mucha molestia. Cada vez que me acuerdo se me prende el demonio de arriba. Oyeme, no se le pasaba ni un santo ni un día de las madres, tú. En cualquier fecha importante, póngale el sello, telegrama y gladiolas. Con lo vulgares que me están a mí las gladiolas, tú sabes que en Cuba ésas eran flores de planchadora. Pero, vaya, por lo menos no me mandaba crisantemos de muerto. Ya te digo, el muy farsante tenía cara de santico escapao de estampica. Ni siquiera puso mala cara cuando Guillermo, porque tú sabes lo fino y atento que es Guillermo cuando quiere, le soltó que si quería sacar a pasear a la hija tenía que cargar con la madre también. Y cada vez que había un bailecito en Casa Cuba se aparecía el patiflaco aquel, puntual como un fantasma, con sus dos orquídeas al hombro. En esas fiestas yo no tenía vida. Me la pasaba pendiente a que no se le fuera a pegar demasiado a la muchacha. A todo esto, te diré que bailaba como una mesa coja. Para colmo, llevaba unas clases de ambulancias en los pies que húyanle. Y luego combinado con pantalón negro. No cabe duda, tenía gustos de mulato oriental.

Desde que nos enteramos de que era estudiante de Ciencias Sociales ya yo perdí el sueño. Guille me juraba y perjuraba que el hombre se le había declarado apolítico. Pero a mí eso de ser apolítico y meterse en Ciencias Sociales siempre me apestó a cebollín de negro, tú. Ay, vieja, las vueltas que da el destino. Oyeme, pero cuando llega, llega porque llega. Qué barbaridad, caballero, haber salido de Cuba donde a Martica le sobraban los buenos partidos, llegar a Madrid donde pudo haberse casado con un monumento de médico español, haber rechazado nada menos que a un abogado en Miami para venir a embobarse de esa aura tiñosa en este criadero de negros. Yo que para ella aspiraba a un profesional, a un hombre maduro, serio, decente, con los pies firmemente plantados en la tierra y los pantalones en su lugar. Y cubano, chica.

El primer aviso lo tuvimos un día que Guille se quedó trabajando durante la hora de almuerzo para sacar una platica extra, vaya, que buena falta nos estaba haciendo para pagar el apartamentico de playa que habíamos separado en Dorado. Pues, sí, vieja, se quedó en la oficina y se puso a platicar con los empleados de la limpieza, porque tú sabes que si algo no tiene Guille y no ha tenido nunca es orgullo. No le niega los buenosdías ni a un drogadicto. Y a alguien se le ocurrió sacar lo de la dichosa boda de Martica. Entonces le pregunta uno que cómo se llamaba el futuro yerno. Y dícele Guille: Gervasio Díaz Diez. Y dícele el otro: Caramba, ese nombre como que me suena. Y así, atando cabos aquí y allá, se entera Guille de que el abuelo del niño era de los Díaz de Arecibo que eran medio parientes de los Díaz de Aguadilla que eran íntimos nada menos que del Albizu Sánchez ese, un comecandela comunista de los del gritico de Lares que no se quería ni para picadillo. El hijo anda ahora por Cuba prendido a las barbas de Fidel. Menos mal que los americanos le pararon el caballo a tiempo porque sino estaría todo el mundo aquí cortando caña y comiendo yuca cruda. Ya te vas dando cuenta, eh, de por qué yo tenía razón en oponerme a la boda esa. Guille me decía: De los pecados de los padres no ha de culparse a los hijos. Pero yo tengo una intuición... ¡Ja! Pregúntale a Guille si yo no predije lo de Cuba una vez en la quinta de Camagüey. Se me dio claritico en un sueño que tuve. Así mismo: soñé que Cecilia, la criada, la que no se atrevía ni a levantar la vista cuando uno la regañaba y que ahora me cuenta María Teresa que es maestra rural en Cuba, qué barbaridad, caballero, aquello que no sabía ni firmar con una équis, así será la calidad de la educación comunista cuando una niñera llega al rango de maestra... Pues, vaya, en el sueño, la mujer aquella entraba en el ascensor primero que yo y me cerraba la puerta en la cara. Chica, me desperté sudando hielo. Lo primero que dije fue: Por tu vida, Guille, aquí va a suceder una tragedia. Y así fue. Poco después entraba el monstruo en La Habana. Y para qué te cuento si ya tú fuiste y viniste.

Ese fue un golpe duro. Porque yo había hecho mis investigaciones por la derecha para chequear algunas cositas muy importantes. Como si había morones o diabéticos en la familia, si eran guajiros o gente bien y si eran blancos por los cuatro costados. Pero hay que decir que una de las pocas virtudes que tenía el niño era ésa: pelo como Dios manda, facciones bastante finas, un poco quemadito del sol pero, vaya, del sol. Y no tenía las encías moradas. Tú sabes que eso nunca falla.

Yo quise actuar de inmediato y deshacer el compromiso. Estuve a punto de llamar a Pena para cancelar los trajes de las damas. Pero Martica me cayó arriba con un lloriqueo de velorio, hija, amenazando con quedarse solterona, pisoteando las capias. Horrible, horrible, a mí por poco hay que darme oxígeno. Total, por diplomacias de Guille, porque tú sabes cómo es él de diplomático, nos hicimos de la vista larga y decidimos mantenerlo bajo el microscopio. Agoté todos los recursos, vieja. Fui a prenderle tamaño velón a la Caridad del Cobre. Sacrifiqué la novela por un mes entero, justo cuando se estaba por saber si eran o no eran hermanos. Bueno, no hubo piedra que yo dejara sin mover, porque cuando se trata de los hijos, nosotras las madres lo damos todo, absolutamente todo. Eso te lo irá enseñando la vida. Aunque crucifiquen a uno y hasta le unten vinagre en las llagas.

Pero ya no se podía dar reversa. Guille andaba por la casa con el rabo entre las patas y los ojos aguados, él que no lloró ni cuando murió Mamá que era adoración con él. El día antes de la boda, llegaron los parientes de Miami: Esteban, Raquel, Albertico y los nenes. Hacía como siete años que no nos veíamos y Raquel estaba más emocionada que cuando juró la bandera americana, la pobre, tanto trabajo que le costó. No hablaba ni papa de inglés y llegó a colgarse tres veces en el examen de ciudadanía. Figúrate tú que una vez le preguntaron qué cosa era la D.C. de Washington, D.C. y dijo que la C. no sabía pero que la D. debía ser de Disneyworld.

Pero gracias a Dios que se avivó y compró el disco ese que tiene todas las respuestas del examen y por fin lo pasó.

Bueno, pues, allí estábamos todos juntos, pasándola de lo más alegre. Yo había puesto un disco de Celia Cruz porque, óyeme, lo único que no se le puede quitar a los negros es el ritmo, tú. Los novios estaban de lo más acaramelados en la mecedora. Esteban nos acababa de leer una carta de su cuñado, el ñángara, donde le hablaba maravillas del sistema escolar comunista. Y dice Raquel: Pero ¿de qué sistema escolar estará hablando él si todo el mundo sabe que en Cuba ya no hay escuelas? Y dícele Guille: Bueno, vieja, eso lo sabemos tú y yo que estamos acá pero recuerda que él está en Cuba y no puede ser objetivo. En eso pregunta Junior si en Cuba se puede comer helado todavía. Albertico le contestó en seguida y muy directo, porque a los niños hay que aclararle las cosas a tiempo, no los vayan a confundir en la escuela, que cuando le toca el turno a uno en las filas de racionamiento, ya el helado se ha derretido. Entonces lo calientan para venderlo como sopa. Qué ingenuo el muchachito, y que pensar que los niños cubanos puedan tener la dicha de comer helado todavía. Si allí no hay ni las cosas más elementales. Lo primero que yo hice al llegar a Miami fue correr a un delicatessen a comprar un frasco de aceitunas rellenas de caviar porque ya se me había olvidado hasta de qué color eran.

Pues la estábamos pasando divinamente, como ves, cuando a Esteban, que no tiene pelos en la lengua, se le ocurre poner el tema de Puerto Rico. Nos preguntó que cómo nosotros veíamos la cuestión política acá y Guille, sin rodeos, porque tú sabes lo franco que es Guille cuando quiere, les dijo que estábamos considerando comprarnos un terrenito en Tampa por si los Populares ganaban las próximas elecciones. Raquel se lamentó, qué malo, dijo, ellos que habían decidido venirse para acá porque acá se ganaba uno más fácil los quilos y se hablaba español, aunque del malo pero vaya. Además, con todo lo grande que era la democracia americana, en Miami le tenían su cosa a los cubanos porque los confundían con puertorriqueños. Guille les abrió los ojos, porque tú sabes que Guille no come cuentos, y les dijo que acá también sufríamos discrimen porque a los puertorriqueños les decían los comunistas que nosotros habíamos venido a quitarles los empleos. Entonces fue que Albertico le prendió fuego a la mecha cuando dijo que nosotros no teníamos la culpa de estar mejor preparados que ellos que habían aprendido a leer como quien dice el otro día. El Gervasio dio un brinco olímpico y se dio gusto hablando pestes de los cubanos, que si éramos todos ex-millonarios, alcahuetes y huelepantis de los yanquis, que si el Country Club, que si Varadero que si gusanos, que si habíamos venido aquí a chupar sangre... Bueno, nos puso como bagazo de caña, el hijo de la Unión Soviética aquel. Menos mal que Mamá no vivió para pasar ese mal rato. Aquello fue Girón, vieja. La discusión que se formó duró tres horas. Por fin, el hijo de la Gran Muralla China de su madre se levantó y desapareció, tan tranquilamente como había llegado. Y la boba de Martica lo acompañó hasta el carro. Cosa más grande, chica, yo que creía que su orgullo de cubana estaría por encima de todo. Me sentí como si me hubieran quitado mi pasaporte americano. Raquel, Esteban, Albertico, todos me acusaron hasta de comunista tapada por permitir la boda esa. Pero ya era demasiado tarde. Los invitados, los preparativos, tanto gasto y ya acababan de poner la mayoría de edad a los dieciocho, esa barbaridad jurídica que acabará por darle el triunfo a Rusia. Yo no sé, a veces los americanos se pasan de buenos.

Aquella noche, no hay que decirlo, yo no pegué el ojo. Cuando pude dormirme, de madrugada ya, tuve una pesadilla horrible. Imagínate que se me aparece nada menos que una negra santera y me dice: Niña Marta, niña Marta, cuidao con ese majá. Yo le pregunto que dónde está el majá y ella se sonríe muy sata sin decirme nada. Luego empieza a hablar con la voz de mi abuela, Marta Fecha, que en paz descanse. Me dice que en el panteón de la familia no hay paz, que todos los muertos están levantados y en pie de guerra. Yo te voy a decir una cosa, yo no creo en brujerías pero le tengo su respetico. Así es que al día siguiente me levanté decidida a parar de casco al Gervasio Díaz para evitar una desgracia. Guille estaba tieso, ya tú sabes lo cobarde que es Guille para estas cosas. Pensábamos en la vergüenza, en los mil quinientos dólares del traje, en los ochocientos de la Casa Cuba. Y como si eso fuera poco, en la tremenda máquina que le

106

habíamos comprado a Martica de regalo de bodas, un Corvette precioso color verde chatré. Pero me armé de valor y fuimos a despertarla. Tocamos varias veces y nada. Por fin, forzamos un poco la puerta y entramos. La cama estaba hecha y había un sobre sellado dirigido a nosotros sobre la almohada. Ahí fue que a mí me entró el soponcio y cuando desperté estaba en el Presbiteriano indigestada de Valium hasta la coronilla. Guille no quería ni mencionar el asunto pero mi intuición de madre no me engañaba. La verdad era que nuestra única hija, ex-alumna estrella de La Inmaculada y Las Madres, reina de primavera de Casa Cuba, se había fugado como una cabaretera cualquiera con un comunista compinche de Fidel Castro. Lo más grande que una hija puede hacerle a sus padres nos lo había hecho ella a nosotros. Y se había largado con ese ratón de arrabal sin siquiera casarse, sin despedirse, como una fregona de fonda.

Pero lo que me provocó la recaída, lo que realmente me puso al borde de la camisa de fuerza fue lo que Guille me dijo más tarde, luego de haber despedido a los parientes de Miami, cuando estábamos en la terraza tratando de reponernos del golpe mientras nos comíamos dos tristes medianoches recalentadas. Que aquel desgraciado hijo de la más sifilítica prostituta que diera esta isla de atorrantes y analfabetas se la había llevado nada menos que para Cuba.

Dios quiera que no sufra demasiado. Después de todo, y a pesar del puñal que nos clavó en el alma, es mi hija y la quiero todavía. Ya se desengañará, cuando los comunistas la pongan a cortar caña de sol a sol y la obliguen a hablar ruso y a pisotear el crucifijo. Ya volverá, si es que puede, arrepentida, a contarnos de los monumentos destruídos, de los night-clubes cerrados, de las universidades convertidas en galleras, de un pueblo sin sonrisa ni pasta de dientes, de la tristeza amarga de un país sin música y sin sol. Dios quiera que no sufra demasiado. Pero el tiempo dirá y la verdad brillará. En cuanto al Gervasio, lo único que le deseo es que lo monten en un avión ruso y lo manden para Angola y que se pudra en las maniguas africanas por abusador y sinvergüenza. Por eso tú, m'hija, date tu viajecito por Las Vegas y no vuelvas a desvelarte por Mirellita, que sacrificarse por los hijos es trabajar pal inglés.

Recibe un abrazo cariñoso de tu tía que te olvida y no te adora,

Marta.

P.D.

A Guille se le olvidó firmar, ya tú sabes lo olvidadizo que es Guille, pero te manda recuerdos y un chequecito de American Express para que le compres un par de yunticas de oro en Las Vegas.

1976

5. Despedida de duelo

«Ma mémoire a sa ceinture
de cadavres.»
Aimé Césaire

Veintiséis abriles, dijo el cura con cara de Braulio Castillo recitando el Brindis del Bohemio la noche de Año Viejo. Veintiséis puñetas. Dos votos Jalda Arriba por sobre el cadáver montao en tribuna de Don Yayo. Veintiséis abriles... veintiséis chistes de cafetín congelados en esa foto ridícula, uniforme y sonrisa de Guardia Nacional. Esa cara, sucio, esa cara cuando el Diferé se estiraba el bigote embreado BUUTI-FAARRAAS LOONGAANIZAAS y nosotros jadeantes, piernas demasiado cortas ECHENMELOS TOS PA CA QUE VOY A HACER EMBUTIDOS DE NIÑOS MALCRIADOS y la calle Feria infinita de celosías burlonas y tú AVANCEN AVANCEN QUE LOS COGE EL DIFERE desde el portón cerrado. Así cualquiera, ¿ah? Ahí están de nuevo los murciélagos detrás de los nísperos y la noche en que, por obra y gracia tuya, se le enredó uno en el moño a Lalí QUITENMELO CONDENAOS QUITENMELO QUE ME DEJA CALVA... Esos otros aullidos AY DIOS MIO erizados AY MI HIJO QUERIDO y no quiero arresmillarme porque sé que te pones bravo NO PUEDE SER DIOS MIO NO PUEDE SER pero ya las coronas de flores estrangulan el balcón de tu casa DIGANME QUE NO PUEDE SER como una enredadera macabra creciendo loca, tatuando el barrio entero de rojo y de negro NO POR FAVOR Carlitos, veintiséis años secuestrados por el ataúd.

El mangó de la discordia ya no está. Tampoco la casa. Es difícil creer que estuvieron. El piso crujía cómplice cuando tú le enseñabas a bailar a mi hermana con la orquesta de César Concepción y yo ligando por el espejo del pasillo. Todo es ya tan incierto como aquellos papelitos doblados de las suertes de San Juan. Yo vi la agonía de las tablas, el fin de los nudosos ombligos que recorrían mis dedos mientras mi hermana mentía aventuras para su diario y no acababa de apagar la dichosa luz. Mentira: la casa sigue vivita y coleando, escucha el sonsonete de la lluvia sobre el zinc y la procesión de ratones entre el plafón y el techo. Santurce se me aparece en cada esquina como un piragüero fantasma. Vuelvo a acurrucarme en los olores de la falda negra, entreoyendo las noticias de una Revuelta Nacionalista que los grandes escuchan con fascinación de siniestro cuento de hadas. Tú me sonríes desde el piano con tu orgullo de niño uniformado mientras mi madre CUANTO LO SIENTO le da por enésima vez el pésame a la tuya y yo triste AY MI HIJO QUERIDO perdón, tan triste como puedo a los diez años porque ya no volverás a decir qué me le hacen a la nena que está llorando ni levantarás pesas en camiseta y calzoncillos para la admiración de las enfermeras de enfrente NO PUEDE SER DIOS MIO ni me contentará más tu bolsa de pilones con ajonjolí DIGANME QUE NO PUEDE SER cuando no me dejen acompañarte al billar de la esquina porque las niñas. Tan jovencito, dijo Don Yayo, no pudo ni ir a la guerra, el pobre, pa que siquiera lo enterraran con la bandera americana. El pobre, dijo Don Yayo, sin ocurrírsele que a él también lo enterrarían sin bandera. Y estiró la pata un año después que tú, de sentimiento según las comadres AVE MARIA SE LO LLEVO EL HIJO NO PODIA VIVIR SIN EL. Si supieran aquellas viejas de Viernes Santos los puñetazos que le dabas a la pared para no oírle los chistes repetidos como letanías interminables, sin cambiar una sola palabra, sin desplazar las pausas de rigor, las carcajadas prematuras:

—¿Uté ta incrita?
—¿Cómo, que si toy encinta?
—No, hombre, que si va a votal.
—¿Que si vuá aboltal?

para no soportar el suplicio de las explicaciones superfluas, la confirmación de que todos habían entendido, de que se habían reído en conocimiento de causa, la lenta y segura conversión del chiste en instrumento de tortura. El pobre comisario de barrio: se lo llevó Pateco y tú estás más vivo que nunca, a mi lado, afeitándote con esa sonrisita de chachá de salón:

—Tú sabes, yo creo que mi hermana está medio enchulá de ti.

—¿Ah, sí? No le vayas a soplal que tengo novia.

—No te apures.

—Tú eres mi confidente, ¿okéi?

—¿Y eso qué es?

—Pue... yo te cuento lo mío y tú le pones pichón.

—Y tu novia... ¿es tu confidente también?

—No, muchacha, qué va. A la novia no se le pue decil to.

—Entonces es más chévere ser confidente que novia.

—A lo mejol.

Pero tú no me lo dijiste todo. Me ocultaste un montón de cosas como si yo no hubiera sido más que una triste novia ajena al after-shave diferente de los sábados. No me contaste, por ejemplo, títere, lo de los gatos para poder reírnos juntos del susto que se dio Lalí al descubrirlos tiesos y apestosos en el patio AY GRAN PODEL SI ESTO PARECE OBRA DEL ENEMIGO. Yo te hubiera contado los aspavientos que hicieron ella y Mamita mojando grandes tajadas de pan sobao con mantequilla danesa en el café con leche de las tres, en medio de no sé cuántas venganzas electoreras ESO TIE QUE SEL COSA DE DON YAYO, AY BISNE, SE HABRA METIO A BRUJO DESPUE DE VIEJO y lo despellejaron como gusto y gana les dio, que si agentao, que si confianzú, que si manisuelto y se acordaron, cómo olvidarlo, de cuando Lalí lo agarró robándose los mangós con aquella vara larga de bolsa atada al cabo. Tanta linterna cubierta con el trapo de fregar, tanto tejemeneje. Total para que el oído de tísico de Lalí viniera a aguarle la fiesta AQUI SEPARANDOLE LOS VERDES DE LOS PINTONES... Desde que se inventaron las excusas. Esa tarde pagó los platos rotos por aquello de cría fama, porque a alguien había que achacarle la cosa, alguien tenía que cargar con la culpa del comején que le estaba royendo los nervios al barrio.

Hubiéramos podido gozarnos los aybenditos de los vecinos

y al empleado de Salud Pública solemnemente declarando que el asunto era de la competencia de la Sociedad Protectora de Animales. Pero yo no lo sabía, Carlitos, y me asusté como cualquiera ante aquellos hocicos mutilados, perversamente machacados, ante los agujeros violeta cubriendo los costados hinchados, ante aquella presencia que todos sentíamos como un prófugo sobre nuestras cabezas. Era, no te me vayas a reír en la cara, como un barrunto de desgracia que nos mantuvo allí embobados hasta que llegaron los basureros con su rosario de malas palabras y su REGALENOS UNA POQUITA DE AGUA, MISI, deshaciendo presagios con la realidad firmemente agarrada en los guantes manchados. Entonces fue que pudimos sacudirnos aquella cosa mala de encima y decir que sólo eran unos pobres gatos reventados y que más se había perdido en la guerra. TAN SENCILLO, TAN GUENO, TAN CARIÑOSO. Embuste. Si no hubiera sido por lo que vio Lalí en su vigilia de café pulla y palitos de anís, entre mascaúra de tabaco y desmadejamiento de moño canoso, yo también me hubiera tragado el paquete.

El reloj del comedor TAN el frío de las losetas de la cocina TAN las gesticulaciones ansiosas de Lalí TAN. No llegué a verte porque me condenaba mi estatura de niña. Pero desde la oscuridad entendí que primero le habías disparado con el rifle sin que se oyera la detonación AY SANTA BARBARA BENDITA y luego le habías molido el hocico con la culata TAN GUAPO, TAN CARIÑOSO, TAN SIMPATICO y de ahí a los brazos de Mamita fue un salto que rebotó en la cama con halones de mosquitero y no se te ocurra repetir esto ni por nada del mundo ¿oíste? El calentón de la almohada, las vueltas, la humedad de la sábana, malo, no soy tu amiga, me fallaste. Zumbido insolente de mosquito y sonrisa contentanerviosa como de cumpleaños. Un mismo y único secreto sacerdotalmente custodiado. Algo así como una culpa compartida: tú y yo y los gatos asesinados. A lo mejor ya yo era tu novia sin saberlo y por eso mismo no me lo habías dicho. Tu imagen se recrecía en mi cerebro, capa larga y colmillos resplandecientes, más terrible que el Diferé, más que el pupilo de Doña Rita que tenía conversaciones con el diablo. Lalí se reía con las muelas de atrás cuando te veía venir y Mamita se metía para adentro como si hubiera visto un aparecido. Pero se lo callaron. Cerraron las ventanas que daban a tu casa como para temporal y no dijeron ni ji, qué sé yo, por no darle el mal rato a tu mamá, por no buscarle la boca a Don Yayo, porque tu cuñado, el que salía al balcón con la bragueta abierta, era PARECE MENTIRA, ¿AH? abogado y cocoroco de la Guardia Nacional. O quizás porque hubiera sido horrible para todos tener que aceptar que eras tú el criminal nocturno, el desfigurador de gatos, esa fuerza inútil enroscada en la sombra de una inofensiva noche tropical.

Carlitos, tus veintiséis años yacentes, AY DIOS MIO tus misterios quemándose en capilla ardiente AY MI HIJO dentro de aquella caja de bronce herméticamente final. Ya no te volverá a espiar mi hermana por la ventana del cuarto que no existe ni desearán las enfermeras que seas tú quien se lo enseñe a través del enrejado. No voy a asustarme, te lo juro, cuando vuelva a sentir el ímpetu de la manguera espantándole el jabón al carro o tu silbido anunciando: NENA, ESTA NOCHE ES LA NOCHE. No voy a lloriquear como las nenas merengue, no, contra, no voy a esmelenarme cuando me acuerde de Doña Laura NO PUEDE SER DIOS MIO planchándote los pantalones caqui, de ti NO POR FAVOR brillando tus zapatos y los míos con golpecitos rítmicos, de la trilla alegre chillando gomas y la primera mirada de hombre que me diste esa noche AY DIGANME QUE NO PUEDE SER antes de ir a traicionarme con un beso. Porque me tomó muchos años comprender que ya todo estaba escrito; que hubieras encontrado nuevas víctimas; que hubieras seguido celebrando tu ritual perverso de vampiro de barrio, aplastando fríamente el rostro de algún joven de pelo largo y barba cargado de flores prohibidas para las tumbas de los héroes, cazando sueños sin misericordia con tu rifle meticulosamente afinado. Que me hubieras enterrado viva a mí también, en el panteón sonriente y amapuchado de tu rabia si aquel camión de carga no se hubiera estrellado contra tus gritos, no hubiera convertido tu carita frescamente afeitada en una masa sangrienta y anónima como el hocico de aquellos tus nuestros miserables gatos.

1975

6. Ahí viene Mama Yona

«Queremos y no queremos...»
Francisco Matos Paoli

*«En régime colonial, la gratitude, l'honneur,
la sincérité sont des mots vides.»*
Frantz Fanon

Cuando Mama Yona amenaza con venir, la casa se vira patas arriba como un perrote buscando cosquillas. Un batallón de mujeres reclutadas en el caserío vecino y comandadas por mi generalísima señora madre cría molleros en la operación Manos a la Escoba. Agitan, hurgan, cepillan, no perdonan ni la intimidad de un zócalo encubierto por la complicidad de una consola. Las celosías polvorientas, las tablas asfixiadas bajo el linóleo, la araña aferrada al plafón, las columnas del balcón nevadas de murcielaguina, los inocentes ganchos de la hamaca, todo desata la cólera higiénica de esas ménades del mapo.

Tras la pausa de pan sobao con café con leche, suena el clarín nuevamente y vuelven las terribles desempolvadoras, las inexorables enceradoras a cerrar filas para el próximo combate. Los muebles de pajilla postergados en la galería y desplazados por flamantes butacas de pantasota se estremecen bajo el sobo brutal. La madera asediada del pasillo cruje su queja seischorreada al vaivén de pies descalzos y batatas recrecidas.

Entonces mi madre irrumpe en los cuartos como un ángel exterminador, a arrancar carteles comprometedores, a borrar consignas de las paredes, a esconder, por encima de mis débiles protestas, las banderas de Puerto Rico y Lares. Albizu Campos y Betances aterrizan de cabeza en el baúl. Patria o Muerte pierde la Patria. Y la monoestrellada repliega sus franjas, cabizbaja, en la oscuridad del armario de sábanas.

119

La Mater revisa luego los estantes de libros, los discos y la papelería que pasta plácidamente sobre el escritorio. Cajones de almacenaje forzoso se tragan, por supuesto a Fidel y a Fanon. Pero también a Maldonado Denis y a Juan Angel Silén, pasando por Corretjer y René Marqués y hasta el pobre Gautier Benítez por si las moscas. Algunos sospechosos no caen en la primera redada por inadvertencia o ignorancia de la censora. Pero una consulta telefónica relámpago al alto liderato tribal insufla nuevos bríos y entones no se salva ni Salvador R. Tió.

El autodafé consumado, se dedica la hora de la cena a las recomendaciones de rigor. Antes que nada, se nos recuerda la amenaza perenne de infarto abuelar, la muerte que pesaría como matrimonio de neuróticos sobre nuestras conciencias, algo tan vago y temible a la vez como la Independencia. Proceden a leernos la cartilla de los temas intocables: alusiones claras o solapadas al honorable morador de Fortaleza, a su hípico apelativo o su importada mitad; socarronerías abiertas o veladas en torno al sacrosanto ideal de la estadidad federada o a nuestros arios conciudadanos del Norte; referencias a desempleo, cupones, criminalidad, corrupción administrativa, persecución política, status; mención de la palabra patria o de la aún más obscena nación; blasfemias sananas o alevosas contra la Santa Madre Iglesia Católica Apostólica Romana y/o la curia universal; lenguaje soez o refranerías de mal gusto; toda insubordinación oral, óptica o gestual frente al dictamen matriarcal; cualquier pregunta que manifestare una curiosidad malsana u ociosa y osare revelar la pava oculta en el corazón muñocista de nuestros progenitores.

Además debemos

efusivamente saludar

humildemente aceptar

solemnemente agradecer

discretamente escuchar

pacientemente callar

y respetuosamente pedir la bendición pontifical de Mama Yona al revolotear rítmicamente alrededor de su inescapable omnipresencia.

Y Dios libre que se atrevan a preguntar hasta cuándo se

queda o decirle vieja o recordarle la arteriosclerosis o comentar que Betsy se está divorciando por tercera vez o que a Rafael no lo quisieron en el Navy por partírsele encima a un sargento en la entrevista o que Sarita le pega cuernos al novio de compromiso con un negro o que a Paco Pepe lo botaron del Perpetuo Socorro por fumar marijuana en el laboratorio de química o que Mama Yona apesta a meao y ronca como una ametralladora o que Luis Manuel está embrollao hasta las amígdalas por querer tirarse el peo más arriba del mofle. Ojos que no ven corazón que no siente, en boca cerrada no entran moscas, ni ji, ni pío, ni esta boca es mía, no menear las quijadas ni para bostezar y meterse la lengua donde no brilla el sol.

Les será relativamente fácil cerrojarnos el pico: cuando ustedes trabajen, se ganen su chequecito y tengan casa propia podrán decir y pensar todo lo que les dé la gana sin que a nadie le vaya ni le venga. Y si algo se nos llega a zafar se lo achacarán al acné, a las malas compañías, a maestros subvencionados por Moscú y a incómodos errores de juventud, si después de todo hasta el Vate. Pero la cosa no deja de tener sus peligros. Porque no hay un solo miembro de la familia —excepto la Pura, la Incorruptible Mama Yona— que no lleve por dentro la traviesa semilla de la perdición.

Tendrán ante todo que declarar Ley Seca y repartir el Barrilito y el White Label entre los pobres. Porque cuando Papá se pica, no diga usted cuando se ajuma, nos inflige un concierto de música sacra con tres encores de Jalda Arriba y Lamento Borincano que no hay tímpano que lo sobreviva. A Tío Rodrigo le puede dar entonces con desenterrar la camisa negra que purga sus pasadas osadías en el baúl de las viejeras veneradas. Y que los subimientos de Titi Clara no avisan, Dios nos bendiga y nos favorezca, habrá que amordazar a los espíritus también, apagar las velas, fumigar la casa, ay Virgen, no vaya a trepársele una de esas ánimas burlonas que no se quieren ni pa mondongo y se encampanan como aleluya comefuego... Es capaz de abrir la boca a berrear la Borinqueña de Lola Rodríguez de Tió y ponerse a coser banderas y repartir espadas en pleno Puente del Anón encaramada en la grupa cuasi centenaria de la abuela.

Y si eso sucede, sería el despelote. Porque todos procederían a defecarse con fanfarria de follones, a churretearse alegremente como después de un infinito estreñimiento en la madre de la casa de Mama Yona donde durmieron las tropas del General Miles en el noventiocho, en las medallas que Tío Ruperto negoció en Corea por la ganga de dos brazos y una pierna, en el cosquilleo que le entró a la vieja cuando Titi Priscila se fue con el gringo gordo y colorao que rescató del Hospital de Veteranos y en todos los primos y sobrinos y nietos que alzaron la pata pa Niuyol y se cambiaron los fóquin nombres hispanos y no se acuerdan ya ni de mandar una maldita tarjeta en inglés el Día de las Madres. Y se iría a pique la herencia soñada, el botín del pirata, el situado mejicano, la casa de cemento, la finca, el viaje a Europa, la vejez asegurada y el futuro de los nenes que se pasan el futuro por los huevos.

Así es que tendrán que apretar las rodillas y tragar gordo. Tendrán que mantener el más estricto control de los músculos faciales y trincar la garganta como si tuvieran tétano. Tendrán que morderse la lengua para no tragársela de rabia cuando Mama Yona rompa a graznarle hosannas a la Ley Jones y a porfiarle a cualquiera y su madre que Nixon es el presidente más macho que ha parido la Estatua de la Libertad.

El cambio de soberanía es ya y no hay Aguila Blanca que lo detenga. Mi cuarto, con todas sus pertenencias, iza el estandarte de su vetusta majestad, quien clavará sin escrúpulos a San Judas Tadeo y todos los muertos uniformados de la familia sobre mis patrióticas paredes y poblará el tocador de candungos de enema y pastillas para el bienestar de todas las vísceras mientras mi hermana me abre a regañadientes el puente levadizo de su cuarto.

El día de la invasión oficial, las azucenas, flores predilectas de Mama Yona, abarrotan la casa con su presencia de Hijas de María y su olor a prueba de brujos. El cambio de sábanas salpicadas con alcoholado Santa Ana, fragancia predilecta de Mama Yona, es el último toque en la apretada secuencia de ritos que anuncia la entrada triunfal.

Por fin, el carro público se detiene frente a la casa. Mi madre se hace cargo de las trompetas. Entre gritos, aplausos y el espionaje más o menos flagrante de los vecinos, desciende

Mama Yona, precedida por sus tetas planetarias y escoltada por su respetable señor culo; de medio luto, como desde que la conocemos, su cabeza de alcurniosa mulata cabalgada por el eterno e insolente moño. Mientras se mueve aparatosa con su paso de tortuga artrítica hacia las escaleras donde la espera el brazo nupcial de mi madre, el chofer del carro público baja cuidadosamente las cajas amarradas con cordel y forradas de periódicos viejos. Nosotros sonreímos, retorciendo imaginarios bigotes de villano, relamiéndonos con gula anticipada ante

nísperos	champola de guanábana
anones	refresco de parcha
corazones	mantecaditos
quenepas	buñuelos
tembleque	pasteles de yuca
dulce de mamey	pasteles de arroz
dulce de batata	lerenes
dulce de tomate	balajúes
mampostial	gandules
tirijala	pan de maíz
galletas cucas	

y pan de hogaza y pan de piquito y la infinita cornucopia de placeres criollos que el verdugo, disfrazado de abuela benévola, prodiga a las víctimas que confiesan.

Ahí viene Mama Yona. La Matriarca Inmortal, la esclerótica domadora de generaciones. Con su manto invisible de billetes y su largo cortejo de baúles portados por esclavos africanos. Blandiendo la escritura de la finca y el mítico chantaje de la herencia. Ahí viene Mama Yona. A nutrirse de nuestra reverencia. A instalarse plácida y contundente en el nido secular de nuestro miedo.

1977

3.   Dueto: Scaldada y Cuervo

Carmen Lugo Filippi y
Ana Lydia Vega

Cuatro selecciones por una peseta
(Bolero a dos voces para machos en pena, una
sentida interpretación del dúo Scaldada-Cuervo)

Cuando calló Jaramillo el silencio era un bache de lágrimas machamente contenidas.

—La madre, brod el no hay más ná, dijo Eddie, alzando la caneca para auténtico brindis del bohemio. Las pestañas subieron y bajaron y volvieron a subir en húmedo e hirsuto push-up.

—A Cambucha, como quien dice, la encontré en la calle. En la calle Méjico, pol si las dudas. La fila del Desempleo le daba la vuelta al bloque. Había más gente que pa una pelea e Wilfredo. Pa entretenelme un rato, me puse a tasal el material que había. La colé polque tenía una mata e pelo preciosa y parecía una misma vilgen de estampita con la cara lavá, sin na de esos emplastes que se ponen las mujeres cuando quieren mangal bien a uno. Y tenía una medallita e la Inmaculada Concepción guindá al cuello. No le faltaba más que el hábito con las bolas colgando.

—Esas son las peores, dijo Angelito, haciendo un buche de cerveza.

—Seis meses enteritos estuve detrás della. Llevándole bizcocho Sarah Lee a la mai y riéndole los chistes mongos al pai. Ella se daba a respetal por el libro. No se dejaba tocal ni la manga 'el traje.

—Ni que fuera Miss Universo, dijo Puruco, desabotonándose la guayabera para hacerle sitio a la catarata de cerveza que le venía bajando por el esófago.

—Por eso fue que me cogió de mangó bajito, men. Me

129

casé con ella pa darle una mai decente a mis futuros hijos. Yo no quería lleval cualquiel cuero a mi casa.

—Eso es lo más que hay por ahí, dijo Monchín, sobándose la panza inundada.

Pero la vieja tiene un ojo e guaraguao, mano. La caló seguida. En cuantito la vio me dijo: Edipo José Zapata, ésa no es mujel pa ti. Yo no le hice caso, men, y ahora la estoy pagando con multa y con intereses.

Volvió a espatarrarse el silencio sobre la mesa. Los cuatro viriles corazones se desbordaban como cerveza mal servida.

—Los primeros meses bregamos más o menos. Cambucha siempre me tenía comía caliente cuando yo llegaba del billal. Aunque a veces eran polquerías de lata polque bastante que se le quemaban las habichuelas cuando se espaceaba planchando en la sala. Me le echaba almidón a las camisas, eso a mí me gufeaba. Y la casa estaba siempre recogía. Me añoñaba, me buscaba la vuelta, me tenía lo mío siempre redi. La veldá es que se poltó nice los primeros tiempos y aunque yo tuviera mis bretecillos con otras jevas, polque uno tampoco pue tiralse a mondongo, ella siempre era La Oficial. Pero cuando empecé a dalme cuenta e la clase e mujel que era fue cuando Mamá se puso mala y yo me la traje a vivil con nosotros. Mamá era medio delicá de salú. Desde que yo era un chamaquito ella padecía de las piernas y tenía esas varicosas como autopistas. Pero trabajaba como un buey pa tenelnos a nosotros to lo que necesitáramos. Y esa casa estaba siempre como un espejo.

—Madre no hay más que una, dijo Angelito, echándole una llave de cariño al cuello cuate.

—Mamá no quería venilse pa casa. Decía y que iba a molestal. Yo mismo la fui a buscal y la calgué tres pisos a puro pulmón pa instalarla en el veintiúnico cualto que había. Tuvimos que ponelnos a dolmil en la sala la mujel y yo. Pero yo lo hacía con gusto pa que la vieja estuviera cómoda. Hasta le puse el televisol en el cualto, no se fuera a peldel las novelas que son el único juqueo que le queda en la vida.

—La madre lo da to por uno, dijo Monchín, exprimiendo la lata en pos de la última gota.

—Al principio Cambucha me la atendía bien. Le preparaba sus tres comías y se las daba con cuchara. La abanicaba, le encasquetaba su gorrito de anamú de noche, le daba su sobito de alcoholao y le ponía su enema. Pero con el tiempo empezaron las caras lalgas. A veces la pobre vieja tenía que esperal hasta media hora a que le cambiara las sábanas o le vaciara la escupidera. Mamá no decía na, pa que yo no me fuera a disgustal. Pero se desahogaba con la vecina, Doña Nona. Un día Doña Nona me llamó apalte y me contó que la otra salía toas las mañanas y dejaba a la pobre Mamá sola casi una hora pol reló. Expuesta a que se me cayera de la cama o a que me la picara alguna sabandija o hasta a que viniera cualquiel manganzón a abusal della. Esa noche me encerré con Cambucha en el baño y le leí la caltilla. Me vino con que y que tenía que il a buscarle antojitos a Mamá a la plaza del mercado. Ella sabía que yo le tenía prohibío salil a donde fuera. Pa eso arriesgaba yo el pescuezo dando tumbes en las gasolineras y traqueteando a cuponazo limpio, pa tenerle to lo que hiciera falta y que no tuviera que andal por ahí pelándole el diente a to tusa. De la rabia que me dio le solté una gaznatá. Ella no dijo na y se acostó jirimiqueando. Desde esa noche yo cambié con ella y ella conmigo. Mamá, que es una santa, trató de amansalme pero las cosas se pusieron colol de holmiga brava.

El mozo trajo la otra tanda de tragos. Las caras de velorio lo pararon en seco y tuvo que escuchar de pie, como un himno nacional, el final del discurso.

—Pelea tras pelea, bródel. Aquello era una gallera ya. Hasta el día que me encontré la puelta abielta de par en par y Mamá solita mirando televisión. La muy descará se había largao pa casa e la mai sin avisal. Después supe que el pai la había embalcao pa Nueva Yol pa que yo no se la jaltara a burrunazos. Y lo mejol que hizo polque yo hubiera cogío con gusto unas vacaciones en el Monoloro por arreglarle el jocico a esa bandolera.

—La que se va no hace falta, mi hermano, dijo el mozo, mientras Puruco se levantaba para depositar su emoción con una peseta en la vellonera de los recuerdos.

Cuando los acordes fañosos de Esso te passa pol trael amigo a tu cassa hirieron los delicados tímpanos de Angelito el Vate, la mesa de formica colorada por poco se postra ante la incontenible olera del barbudo y melenudo Angelito quien, blandiendo el garrafón de Schaeffer, amenazó con voz de trompeta final:

—Coño, baja esa vellonera que no estamos en la quince.

Ya calmado, cual bebé con bobo viejo, echó mano a la dócil guitarra acurrucada tímidamente entre las piernas de su amo en espera de la caricia acostumbrada.

Eddie masculló un Qué jodienda, otra vez con la misma cantaleta, mientras Monchín discretamente lo pellizcaba para que cerrara las fauces impías. El Vate exigía silencio absoluto cada vez que comenzaba el concierto-recital.

Los acordes iniciales se prolongaron indefinidamente. La especialidad de Angelito, modesto guitarrista de oído, consistía en repetir con imperceptibles variaciones el mismo intróito boleril. Esta vez los arropó con una piadosa mirada y, paso seguido, sacudió su melena alebrestada, para proclamar en trotona salsa: Qué buena son las mujeres, qué buena son cuando quieren.

—Ahí na má, métale mano, aulló el entusiasta público mientras Angelito, frenético, sobaba brutalmente a su enardecida guitarra, al mismo tiempo que el chorro de voz quejosa se imponía sobre los traqueteos vasoriles, las idas y venidas del mozo y los estornudos intermitentes de Monchín.

La tremenda mixta melódica no se hizo esperar:

—Miraaa como ando, mujerrr por tu quererrr... ¡juuuy, juuuy!

—Pasáme otra bien fría, bródel.

Borracho y apasionadooo no más por tu amoorr...

—Llamen a Sanidá que este salchichón está podrío.

Por quererte olvidar... ¡Aaay!

—Echa pallá, tipo, que eso se pega, ¡zas!

Me tiro a la borrachera y a la perdición. Túuuuu, sólo túuuuu...

El pronombre arrastrado, jamaqueado y macaneado sonó cual iremítica explosión, provocando desesperados carraspeos, rostros congestionados e incontenibles eructos que anunciaban zonas de desastre. Al final, se aplaudieron, se abrazaron y compartieron jubilosos la otra tanda, no sin antes felicitar al ruboroso Angelito, quien, raudo, aprovechó el momento para sentenciar:

—El hombre marinero no se debe casal porque al zalpal el balco se la pueden pegal. Y por eso, muchachos, panas fueltes de mi vida, jamás me echaré la soga al cuello. Síganme los listos y hagan como yo, que en cada pueblo tengo una nolsa, pa eso me hice propagandista médico.

Monchín se sopló las narices y, entre moco y moco, pudo balbucear:

—Ese hombre se las sabe toas, dénle otra más que voy a echal una meá.

Seis brazos frustraron la furia de su vejiga.

—Qué pasa, mano, acuéldate que un macho con los calzoncillos bien rellenos no llora ni con cebolla. Aquí estamos nosotros pa ayudalte.

Entonces el Monchín púsose de veras sentimental y, reclinando apostólicamente la cabeza sobre el mesiánico hombro de Angelito, dixit:

—Tú sí vales, bródel, contigo no pueden, tú no eres pendejo como nosotros.

—Saque ese pecho, rugió Angelito, envalentonado. Palabras mágicas que volaron las compuertas de las confidencias de Monchín. Lo cierto es que parecía un río sin cauce (¿o un cauce sin río?), tanto era el volumen y la velocidad de su violento decir (¿o de su decir violentado?). ¿Inventario de su malhadada existencia de héroe renunciado o meras figuraciones en aquel despótico mes de marzo? No, quizás sólo eran primicias de verdad en la víspera de aquel hombre.

Y el Monchín arremetió contra todos y todo, maldiciendo las primarias, el tronquismo y las mujeres. Boquiabierto, Puruco el electricista lo contemplaba, sobrecogido por cada descarga mientras Angelito, algo nervioso por los resultados de su exhortación, pensaba sesudamente en cómo coolear al histérico Monchín. ¿Por qué no tocar una balada de otro tiempo? No, mejor sería un ritmo más moderno, una macha guaracha que le hiciera olvidar sus desventuras. Intentó volver a imponerse pero ya Monchín calentaba el trono, embelesando a todos con sus: Maldita sean las mujeres, malrayo las palta a toas y me cago en el día que la dejé ilse a trabajal, me lo debí habel coltao ese día, tan pendejo, coño, creyendo que la muy sucia era feliz conmigo y mira a vel con lo que me pagó, puñeta, se me sube la bilis ca vez que me acueldo.

Monchín respiró y se bajó la bilis con un copioso trago, prosiguiendo su perorata algo más amainado:

—La dejé il a trabajal a una fábrica de brasieres polque me lo suplicó, que si se aburría, que si podíamos compral una nevera desas que hacen hielo y escupen agua y hasta cambial el carro, carajo, tan mamao yo que me creí ese cuento. Al principio llegaba de lo más mansita, nene paquí, nene pallá. Hasta que se me unionó. Ahí empezó mi desgracia polque cuando vino la primera huelga se largó a piquetear. Se la dejé pasal pol sel la primera pero después le cogió el gustito y se volvió una piqueteadora profesional que no se peldía ni un paro e muñeca. La venían a buscal unas mujeres medio sospechosas, ella me decía que eran líderes de nosequé. Yo la aconsejé, le dije que no se metiera en política polque a mí eso me huelía a comunismo, que la mujel era de la cocina y no debía metelse en asuntos de hombre, que bastante tenía ella con lleval la casa y atendelme. Pol poco me come. Nunca la había visto tan zafia, tan como un guabá, esgalillá, gritándome: Yo no me mamo el deo, lo que pasa es que tú te dejas mangoneal polque eres un Popular cobalde. Ahí fue que se me prendió to lo malo y le di una tanda e bofetás calle que pa qué te cuento. Le grité, y de eso no me arrepiento aunque me lo sacara despúes en la corte e Caguas: ¡Pata! Eres pata, como tus amigas. Ojalá y revienten esas marimachas comunistas que me la sonsacaron. Polque Anita era mansita y de la noche a la mañana se hizo una fiera. Fíjense que le cambió al otro día toas las cerraduras a la casa y me puso una demanda de divolcio pol maltrato. La condená salió ganando polque esas mujeres hasta le consiguieron abogado y se quedó con la casa y los muebles además de la jodía pensión alimenticia de los nenes que me ha sacao el vivil. Milagro que me dejaron el carro. Ahora me dicen que anda y que con un tronquista parriba y pabajo.

Las cuatro voces se enguaretaron en un largo y sentido Usted es la culpable de todas mis angustias y todos mis quebran-toooooos. El mozo gritó fraterno por sobre el mostrador:

—Pónganse a Gilberto Monroig, men. No hay como un tango pa olvidal.

Pero la cerveza les había engordado los labios y dormido los pies y nadie hizo amago de levantarse para restaurar el fondo musical.

Puruco supo que le había llegado la hora de la confesión. Entre el humo de cigarrillo y otras secreciones poco viriles, la vista se le evaporaba. El billar se le volvía altar y los tres cuates, tres changos envueltos como pasteles en sotanas.

—Que te peldone Dios polque yo noooo... entonó Angelito, rebelde, por conjurar el hechizo del lúpulo.

Y un silencio más cebao que lechón de Nochebuena. Hasta que:

—Bródel, yo era hombre e mi casa. Buen proveedor y fiel. Pa mí las tipas eran como oíl llovel. Dulce de coco pero yo siempre a dieta. Nítidamente tranquilo con mi mujel y mis neveras. Sel técnico de refrigeración no es ningún guansén, tú lo sabe. Pero las mujeres son equipo pesao, men. Y a esas sí que no se les pue cambial los cables. Cuando se les llena el corazón de escalcha, no hay quien las deshiele, pol mi madre.

Los acordes de una ranchera matahembra sobrepoblaron el aire. Del puro pulmón mariachi del manatieño Gallo brotó un estremecedor Echame a mí la culpa de looo que paa-saaa...

—Ni mujeres, ni ron, ni siquiera un pitillo, bródel. Me entregué hasta donde dice Made in Japan. Aquella bruja se me zumbó pol dentro como una fiebre polcina dominicana desas que no hay antibiótico. Ella era quien administraba los cupones. Y yo le entregaba el cheque completito a fin de mes. Se lo ponía en las manos y le decía: Ahí va eso, mami. Dios propone y tú dispone.

—Que allá en el otro mundooo, berreó la jumísima trinidad con una salve sincopada de jipíos.

—Yo le pedía poca cosa. Que cuando me apareciera a las seis de la talde, después de habelme pasao el día congelao como un tividínel, no me pusiera mala cara si llegaba con ustedes. Que me los atendiera como lo que ustedes son: mis hermanos del alma. Que me les silviera su celvecita, que me les preparara algo pa pical, unas salchichitas Savoy, unos platanutres, cualquiel zanganá. Que echara otra fóquin taza

135

de arroz y otra de habichuelas pa ustedes y que friera tres fóquin bistés más, qué más da, si donde comen dos, comen tres, coño. To el mundo sabe que yo no soy hombre de andal pol la calle hasta las tantas ni de buscalme chivos pol la izquielda. Yo me traigo los panas pa mi casa y me entretengo allí sanamente jugando dominó y hablando e baloncesto sin necesidad de meterme en bares ni de andal por ahí buscando lo que no se me ha peldío.

—A las mujeres no las pue uno malcrial polque se trepan, postuló, doctoral Monchín, mesándose el bigote como si lo tuviera empolvado de perico.

—Y aquella que no nos podía vel ni en pintura, comentó Eddie con la boca atestada de maní.

—Decía que ustedes eran unos aprovechaos y unos vagos que lo que querían era jaltálseme el sueldo... gemía Puruco, reprimiendo pucheros de bebé Carnation.

—Las mujeres no puen sabel lo que es una amistá de hombres.

Viril puñetazo dispersador de maníes.

—Como pa lo único que silven es pa estasajal a las amigas y contalse telenovelas.

Afirmativa sacudida de cabezas patriarcales.

—Y nosotros que la tratábamos a ella heavy, con to el respeto que se le debe a la esposa de un pana. Polque allí nadie se prospasó nunca con ella... aunque chance tuvimos...

Elevación de brazos masculinamente molleriles.

—Y echábamos toítos antes de medianoche pa no abusal.

Testicular descenso de índices decididos.

—Y de vez en cuando hasta traíamos dos o tres pollos de la granja de Fico pa que ella no tuviera más que matarlos y asarlos con batatas y guineítos.

Prepuciano retroceso de sillas indignadas.

—Y entreteníamos a los nenes pa que no se le metieran en la cocina a chabal la pita.

Agresiva protuberancia de manzanas de Adán.

—Y hasta le llevábamos los trastes a la cocina pa que ella no tuviera más que fregarlos, coño.

Pithecanthropus erectus cada vez menos erectus.

—No hay cráneo, men. El pendejo nace y no se hace.

La voz del mozo interrumpió el consejo de guerra:

—Dénse la última pa que llenen el tanque. ¿Con plomo o sin plomo?

Pero ante la mirada de cama king size vacía con que el cuarteto le pagó la inoportuna gracia, prefirió seguir trepando sillas veteranas sobre mesas pegajosas y tirar alguna línea consagrada, de ésas que no curan pero tampoco alivian, capítulo tres, versículo seis, en aquel tiempo dijo Don Q a sus discípulos:

—Pónganse a Gilberto, men. Se lo estoy diciendo hace rato: no hay como un tango pa olvidal.

1980

SOBRE LAS AUTORAS

Carmen Lugo Filippi (Scaldada) y Ana Lydia Vega (Talía Cuervo) son profesoras de francés y literatura en el Departamento de Lenguas y Literatura de la Facultad de Humanidades, Recinto de Río Piedras. Ambas han ganado varios premios literarios por sus cuentos y han publicado en Sin Nombre, Claridad *y* Reintegro.

Scaldada nació en Ponce y Talía Cuervo en Santurce. Residen actualmente en Río Piedras. Son co-autoras (con Robert Villanua y Ruth Hernández-Torres) del manual de francés para hispanohablantes: Le Français Vécu.

Vírgenes y Mártires *reúne seis cuentos de Scaldada, seis de Talía Cuervo y uno escrito en colaboración. El libro explora universos femeninos situados dentro del contexto de una sociedad colonial. Salones de belleza y moteles, excursiones turísticas, bodas y divorcios, telenovela y salsa enmarcan estos relatos de la casa y la calle donde hombres y mujeres atrapados dan vueltas buscando salidas. La parodia y la sátira orientan este comentario irónico en torno a una realidad desagradable y dolorosa.*

CUENTOS PREMIADOS

ANA LYDIA VEGA:

1. *Pollito Chicken: Premio Emilio S. Belaval (Revista* **Sin Nombre***) 1978*
2. *Puerto Príncipe Abajo: Premio del* **Círculo de Escritores y Poetas Iberoamericanos** *(CEPI) 1979 (Primer premio)*
3. *Despedida de Duelo - Certamen de Navidad del* **Ateneo** *Tercer premio (1975) -*

CARMEN LUGO FILIPPI:

1. *Tus Rizos, Pilar (* **Sin Nombre** *- 1976)*
2. *Recetario de Incautos (1977)* **Sin Nombre**
3. *Adiestrados ya los pies en la carrera (1979 - Certamen de Literatura Satírica -* **Claridad***)*

EN COLABORACION: *Ana L. Vega y Carmen Lugo Filippi: Cuatro selecciones por una peseta, bolero a dos voces para machos en pena*
Primer Premio (Nemesio Canales) Literatura Satírica. **Claridad**

Esta tercera edición de
Vígenes y mártires se imprimió
en los talleres gráficos de BANTA CO.,
Harrisonburg, VA.,
en enero de 1988.

Se imprimieron 3,000 ejemplares
a la rústica.